二見文庫

夜の派遣OL

安達　瑶

目次

夜の派遣ＯＬ

第一章　会議室の情交

たとえば、大学時代のクラブの主将はカッコよくて成績も優秀だったので、恋人に才媛を選んだ。合コンでつまみ食いしたセクシーだがケバい、ちょっとアタマの足りなそうな女子短大生は主将の彼女にはなれなかった。

なるほどお似合いのカップルだと誰もが思う、美男美女な上に秀才・才媛同士、しかも二人とも人望もある、そんな二人が最終的にはくっつくものだ、と新島《にいじま》麻《ま》衣《い》は思っていた。イケメンにブス、美女にダメ男というカップルは長続きしない。少なくとも、麻衣の母校の硬派で有名な某大学ではそうだった。

恋愛は「アバタもエクボ」「蓼《たで》食う虫も好きずき」と言いながら、最終的にはおのずとバランスの取れたペアに行き着く。結婚した先輩たちの披露宴に行ってみればわかるではないか、これが麻衣の持論、いや世界観と言ってもよかった。

ところが、その確固たる世界観をがらがらと崩壊させるような光景が今、麻衣の眼の前で展開されていた。

「まずいっすよお、久野《くの》先輩……まだみんな仕事中だし……」

「大丈夫よ。ここには誰も入ってこないわ……」

ここが会社で、まだ就業時間内で、男女二人が妖《あや》しい行為に及ぼうとしているだけならまだいい。いやよくはないが、その組み合わせが麻衣にはショックだった。

セクシーな囁きで男を骨抜きにしているのは、先輩女子社員の久野亜希子《あきこ》だ。亜希子先輩は麻衣の見るところ、この会社で一番魅力的で、しかも仕事ができる。麻衣は入社したその日から彼女に憧れていた。亜希子先輩を目標にして頑張る、と誓ったばかりなのに、その彼女がよりにもよって……。

人けのない会議室で亜希子に迫られ、「先輩ぃぃ、困るっスよぉ」とへらへらしている相手の男が、麻衣は気に入らなかった。

亜希子先輩が、こともあろうに自分と同じぺーぺーで、電話の応対すら満足にできず仕事なんて問題外、調子だけはやたらいい、しかも茶髪の、あの中井《なかい》君とこんな関係だなんて……。

定時の終業時間も近くなり、大半の社員が仕事を終わろうとしている時間帯を利用して、亜希子先輩と茶髪の中井は二人してどこかに消えた。バッグが残っているからデートというわけではない。

麻衣は、同性の新入社員として尊敬しお手本にしている亜希子先輩のすべてを見習うつもりで、その一挙手一投足を、見逃すまいとしていた。だから、二人の後を追うのはさほど難しくなかった。

第二役員会議室が逢瀬《おうせ》の場所だ。

これはめったに使われることのない「開かずの会議室」と言われている部屋だが、アコーディオン式の仕切りで隔てられた奥に次の間があることを、麻衣は知っていた。

次の間に入った麻衣は、仕切りドアの隙間《すきま》から会議室を覗《のぞ》き見た。

重役用の椅子に深々と中井が座り、その膝の上に亜希子が載っている。二人は堅く抱き合って、熱い口づけを交わしている。

「久野先輩、先輩のキスはチョーＯＫっすよ。最高っす」

「亜希子、って呼んでいいのよ……今は」

中井は、「感激っす最高っす」と言いながら亜希子のタイトスカートの中に手を入れた。麻衣の感覚からすれば、けっして許されないことだ。そもそも中井と亜希子では「格」というものが違うのだ。

亜希子は、麻衣が心酔しているだけあって仕事が抜群にできる。女子社員に求められる気配りはもちろんのこと、細かな事務処理にも抜かりはなく、正確無比、男性社員をさり気なく立てる好サポートぶりに気づかぬ上司はいない。身分こそ派遣社員であるが、要所要所の仕事を任されていて、課を取り仕切っていると言ってもいいほどだ。「影の課長代理」と呼ぶ人もいる。同じ人材派遣会社の後輩として、麻衣にとって亜希子は誇らしい存在だった。

仕事のできる女というと、見るからにギスギスした独身のお局《つぼね》さまか、学歴と頭のよさを鼻にかけたイヤミなキャリアウーマンというのがテレビドラマの相場だが、亜希子は違った。

まだ二十六歳で、同性の麻衣の目から見ても、亜希子はすこぶる魅力的だ。亜希子の大きくて切れ長の目は、近眼のせいか、いつも濡《ぬ》れているように見えて、それがチャームポイントだ。鼻筋のすっきり通った顔立ちが清潔感と聡明さを際立たせ、背中まで伸びた美しいロングヘアにも女らしさが匂い立つようだ。仕事をしながら、あるいは会議中に、ふと髪をかき上げる仕種がきわめてサマになっているのだ。安っぽい女がやれば、いかにも男の気を惹《ひ》く仕種にしか見えないはずだが、亜希子の場合は、なぜかしっとりと情緒があって、女の麻衣から見てさえぞくぞくするほどだった。

この会社の女子正社員たちも、申し合わせたようなロングヘアだが、ヒマさえあれば毛先をつまんで枝毛をカットしているその姿からは、色気もやる気も感じられない。

麻衣が亜希子に感じているのは、思慕《しぼ》の念と言ってもいいし、それは宝塚ファンがスターに感じるものに近いのかもしれない。自分がボーイッシュで体育会系の体質だと麻衣は思っているから、女性の魅力をナチュラルに見せる亜希子には、よけいに心惹かれるのかもしれない。

とにかく、そんな憧れの的の亜希子先輩が、ゴミのようなバカ男と今しも性的な関係を結ぼうとしていることが、麻衣には信じられなかった。

しかし当の亜希子はバカ男のキスを甘んじて許しているばかりか、腰を浮かしてパンティを脱がしやすいように配慮までしているようだ。

ぱさり、と微《かす》かな音がして純白の小さな布が亜希子の脚から抜けて床に落ちた。

中井は彼女のスカートをたくし上げていき、まばゆいばかりの白いヒップを剥《む》き出しにしてしまった。

ああ、もったいない。

麻衣は不意にご本尊《ほんぞん》を拝んでしまった熱心な信者のような心境になりながら、固唾《かたず》を呑んでその行為に見入っていた。

亜希子は自分からスーツのジャケットを脱ぎ、ブラウスのボタンも外した。なんと彼女は、外見の理知的なイメージにそぐわない、スケスケのレースブラを着けていた。

豊満なバストが深い谷を作り、ブラ越しにツンと持ち上がった乳首も丸見えだ。いつもはスレンダーに見える亜希子だが、実はグラマラスな肢体の持ち主だったのだ。

中井は、その眺めにごくりと唾を呑み込んだ。

「先輩……感激っす。先輩の、その……バストがこんなに大きいとは知らなかったっす。ボク、巨乳に弱いんですよお」

こいつマザコンか、と麻衣が思っているとも知らず、中井は亜希子の谷間に顔を埋めて両脇から乳房を揉み上げた。その手つきはたわわな肉の感触を味わっているようで、妙にオヤジくさい。その上調子に乗って、谷間にキスしたかと思う

げた。
中井の手は乳房から剝き出しの臀部《でんぶ》に移り、左右から揉《も》みしぼるように撫であ
作るように躰を猛烈に色っぽく脈打たせた。
彼の熱い息が耳にかかったのか、その舌の感触のせいなのか、亜希子はしなを
「その……ボクは……ずっと前から先輩の躰《からだ》を想像してたんです」
と、唇をゆっくりと首筋に這《は》わせていった。

その光景を目の当たりにした麻衣は混乱した。

一体これはどういうことだ。もしや亜希子先輩は、あのお調子男に何か弱みでも握られてしまったとか？　たとえば不倫の証拠、とか。それなら相手は誰だろう？　あの渋くて手腕人柄とも評価の高い大川常務《おおかわ》？　それとも、これまた仮定だが名門の出で人徳のある矢上《やがみ》専務が相手か？　もしくは、またまた仮定でしかないが、営業成績抜群だが変態趣味だという噂《うわさ》の楢崎《ならさき》営業部長にスキャンダラスな写真を撮られてしまったのを、中井が持ち前の調子のよさで見せてもらったとか？　いやそれとも、想像力の産物でしかないが、唐木《からき》総務次長と会議上論争になり、負けた罰で性的な折檻《せっかん》をされたとか？　それとも……。

麻衣の頭の中では、社内の有力な幹部社員の名前が浮かんでは消えていた。そ

ういう人物たちならば、亜希子先輩の相手として不足はないと思えるからだ。きっと、そういう裏の事情があるからこそ、先輩はあんな低脳でおバカな茶髪男の相手をしているのだわ、と彼女は信じこんでいた。

しかし、そんな麻衣にはお構いなしに、亜希子と中井のボルテージはますます上昇していくばかりだ。

「先輩……ホントにいいんですか？　いいんですよね？　その、やりたいんでしょう？　あとから文句言わないでくださいね」

中井はくどいほどに念を押している。棚からボタ餅《もち》というか、自分の幸運が信じられない様子だ。

「いやねえ、中井君……。そんなムードのないこと言うなんて。そんな女に見える？」

亜希子はホックを外し、ブラを取り去って、その美乳を彼の顔に擦りつけた。

「さあ……好きにして、いいのよ」

中井は興奮で顔を赤らめながら乳首に口をつけると、音を立てて吸った。右手を亜希子の剝き出しの股間にすべらせている。

「先輩……先輩のここ、もうぐっしょり濡れてます」

「いや。言わないで。わかってるのなら、して。……ダメよ、口先だけの男は。仕事だって同じこと……」

亜希子は甘い言葉を囁き、中井の膝の上で足を大きく広げてまたがる格好になった。

成熟した媚体《びたい》が目の前に開かれ、受け入れ態勢万全で、さあどうぞと待っているのを見た中井は、今にも鼻血が出そうなほど、頭に血を昇らせている。

「ああ、もうボク、その……」

じれったいわねえ、という感じで亜希子は彼のズボンを脱がせにかかった。ベルトを外しパンツから怒張した男のモノを取り出すと、いとおしげに撫でた。

「あ。先輩……。あんまり触っちゃ……このまま出てしまうっすよお」

亜希子は、白ら腰を浮かせて彼の先端に花弁をあてがうと、ゆるゆると躰を沈めていった。

中井は、彼女の熱くて柔らかな果肉に没入していく快楽に、少女のような声を上げた。

「ああン、先輩……。さ、気持ちいいっす。温かくて柔らかでぬるぬるしてて……う」

亜希子が少し腰を捻《ひね》った拍子に締めつけたのか、彼は絶句してしまった。必死で暴発しかけるのを堪《こら》えているのだろう。

「いいのよ……まだ若いんですもの。回数いけるでしょう？　もう一度すればいいわ」

普段オフィスで見せているのとはまったく別の、妖婦のような口ぶりと表情。熟達した高級娼婦のようなその手際と肉体。

麻衣の頭は完全に混乱していた。

それは、どんな真面目な人でもセックスの時には甘く淫らな雰囲気になるのかもしれないけれど……この亜希子先輩の豹変《ひょうへん》ぶりは尋常じゃない。仕事の時のてきぱきしたシャープな「プロ」はどこかに行ってしまって、プロはプロでも、これじゃまるでセックスのプロだ。

亜希子は、中井の膝の上で腰を上下に動かしながら身に纏《まと》っているものを脱ぎさった。タイトなスカートだけがたくし上がり、白い肌に纏わりついているのが、強烈に淫靡《いんび》だ。

麻衣が見ている角度だと、亜希子の後ろ姿しか見えない。だがその双臀は次第にピンクに色づいてきてぷるぷると震え、時にきゅっと窄《すぼ》まる。その感じが卑猥な生き物のようだ。

「ああ……いいわ。中井君って、意外に逞《たくま》しいのね……ああっ！」

それは本当だった。外見は細身で髪もサラサラのストレート、サラリーマンというよりは学生のように見える中井だが、さっき麻衣にもちらりと見えた、その股間のモノは意外にも大きく逞しかった。

亜希子は上下に動かすだけでなく腰をグラインドさせた。

きゅっと尻が窄まるたびに、彼女の女芯が締まっているのがわかる。中井がそのつど息を止めて声を洩《も》らすからだ。

亜希子は胸を反らせて中井の顔に押しつけているらしい。彼が乳首を愛撫しているのか、ときおり背筋がSの字にたわむのが甘美そのもので、覗き見している麻衣もぞくぞくしてしまうほどだ。

程なくして中井が弱音を吐いた。

「ああっ、先輩っ！　出ちゃいますっ！」

「あ……中はダメ……口でしてあげるから……」

亜希子は腰を持ち上げて男根を引き抜くと、そのまま彼の股間にひざまずいて顔を埋めた。

麻衣には、断末魔の彼の表情がはっきりと見えた。

男のあの瞬間って、どうしてこんなに可愛い顔になるのだろう。痴呆のようになるというか、無防備そのものなのだ、と麻衣は初めて知った。男が射精する瞬間なんて、素人の女がしげしげと見るチャンスなどめったにない。

全身を、びくっびくっと震わせて、中井は亜希子の口の中に思いの丈をぶちまけたようだった。

「先輩……最高すっ！　超ＯＫっつうか……その……なんて言ったら……」

もともとボキャブラリーのない中井は言葉に詰まっている。魂が抜けたような表情だ。

「ねえ……今度は、私を悦ばせてくれる？」

亜希子は爆発した後もそのまま、彼のペニスを愛撫し続けている。口を使うたびにヒップがクネクネと動くのがたまらなくセクシーだ。

女の色気の底力というのもヘンだが、そういうものを麻衣は感じていた。これじゃあ男は骨抜きになるわなあ。でも、どんな女でも、こんなに豊潤なエロビームが発散できるものだろうか？

中井のモノは若さにまかせてたちまち回復したようで、彼は亜希子を抱え上げて会議テーブルの上に寝かせてしまった。

横たわった彼女の裸身がすべて見えた。

一見スリムだが実は着痩《きや》せしていたのだ、という麻衣の印象は正しかった。亜希子の乳房はボリュームがあって、こんもりした美しい曲線を描いている。エステのモデルもかくやというほどの理想的なラインだ。腰もきゅっとくびれ、太腿にかけての躰の線は見事と言えた。同じ女性として思わず嫉妬《しっと》を感じてしまうほどの、究極のプロポーション。

天は二物を亜希子先輩に与えたのだ、と麻衣はため息をついた。仕事ができて美人でスタイルも抜群でその上性格円満とくれば二物どころではないのだが。ピンク色に息づいた肌は絹のようにキメ細かで、とても曲がり角を過ぎた年齢とは思えない。よほど毎日の手入れがよくて、ストレスも溜まっていないのだろう。

触ってみたい、中井君なんかに触らせておくのはもったいない、となぜか麻衣は強烈に思ってしまった。

中井は亜希子からスカートも抜き取ってしまい、完全に全裸にした。そして両脚を大きく広げさせて、自分は立ったまま、その蜜の滴る部分に侵入しようとしている。

麻衣の場所からかいま見える、亜希子の下半身の翳《かげ》りは薄いほうだ。中井の指がヘアを掻《か》き分けると、成熟したバストやヒップには似合わない、ほんとうに少女のようにきれいな亀裂が露《あら》わになった。

「ああ……先輩……先輩のここ、キレイですね。もうサイコー感激っすよお……オレ、こう見えてもあんまり女性経験ないし、たま～に接するのもプロばっかりなんで」

中井は言い訳めいたことを言いながら亜希子の秘部を指でまさぐった。肉芽に触れられると、彼女は、アン、と声を出して腰をくねらせる。

「ほら、よく、女性のココをフルーツにたとえるじゃないですか。みずみずしい果肉、とか」

こいつ、ポルノの読み過ぎだぜ、と麻衣は思った。

「ほんとに先輩のココは、美味しそうな汁が滴っていて……食べちゃいたいくらい」

こういうのが母性本能を刺激するのだろうか？　そういう感覚のまったくない麻衣には鳥肌の立つ気がするのだが、中井はしごく真面目に、本気で言っているようだ。

と。彼は突然、床に膝を落として亜希子の女芯に舌を這わせはじめた。

「プロはクンニを嫌がるヒトもいるんですけど……オレ、好きなんですよね。特に先輩のようなキレイなオマ×コを舐《な》めるのが」

彼は、じゅるっと下品な音を立てて亜希子の愛液を啜《すす》った。

「はンン……もっと弱く……優しくして」

亜希子はそう言いながらも手を伸ばして中井の茶髪を白い指でまさぐり、頭を自分の股間に押しつけるように抱さしめた。

彼は彼で、初心者のくせに誰に教わったのか、彼女の秘唇を左右に広げて肉芽を剝き出しにすると、古で丹念に愛撫している。

「ああ、中井君……上手よ。とっても感じる……」

亜希子は目を潤ませて腰を蠢《うごめ》かせた。

なんという迫力ある光景だろう。

体育会系の硬派で男性経験の乏しい麻衣にとっては、さきほどから目の前で繰り広げられている性の饗宴《きょうえん》は鮮烈だった。昔カレシに見せられたアダルトビデオのプレイも、これに比べればおままごとにしか思えない。その反面、聖なる亜希子先輩が淫乱ＡＶ女優のような真似をしていることが耐えられなくもあった。偶像が堕《お》ちていくという感じなのだ。

とはいえ、麻衣ももう子供ではない。大学を卒業して社会に出た大人だ。セックスにだって関心はある。

亜希子の息づかいが荒くなってきた。ときおりひくひくと背中を反らせて、官能の疼《うず》きを表している。

「ね……来て。お願い……」

彼女は熱い視線を中井に送った。

彼はこくりと頷《うなず》くと立ち上がって、きつい角度でそそり立っている肉茎を花弁に押し当てた。

ずぶずぶ、と音がするかのような迫力で、彼の大きく逞しいモノが沈んでいった。

「はあああ……。いい。いいわ……」

中井は、亜希子の両脚を自分の肩に載せて、ずんずんと突き上げた。長い彼のモノは、このストロークでこの勢いならば、女の部分の奥底にまで充分達しているだろう。

中井は腰を激しく使いながら、頬をひくつかせている。

「凄い……先輩のココ、凄いっす……オレのを咥《くわ》え込んで、ぐいぐいと……」

それ以上言葉にならない。

「ここが吸いついてくるみたいに……」

彼は陰茎の脇から亜希子の内部に指を差し入れた。

「ま、まるで、別の生き物みたいだ……」

肉棒と指の動きの相乗効果で、今度は亜希子のほうが息を呑んで悶《もだ》え狂った。

「あうっ！　ああ、す、凄いわ……あなた、中井君、相当遊んでるでしょう……あっ！」

「い、いやあ。オレのは見よう見真似ですけど……先輩のは、天性です。こっ、これが名器っていうんですねっ！」

中井のボルテージはとめどなく上がり、若さのパワーに任せて狂ったように激しく突き上げ、ぐるんぐるんとグラインドさせた。今の彼にはセックスだけしかない。ピストンだけが人生だと全身で叫んでいるかのようだ。性年の主張と言うべきか。

「ああ、わ、私、イッてしまいそう……」

しかし、一度放出済みの中井には余裕があった。

「オレはまだまだ大丈夫っす。先輩をとことんイカせてあげますっ！」

彼は、亜希子の下半身をなにやらもぞもぞと触っていたが、突然亜希子が高い喘《あえ》ぎ声を発した。

「ひ。ひゃあ。そ、そこは！」

どうやら彼は亜希子のアヌスを弄《いじ》っているらしい。花芯に挿入しながら、アヌスに指でも入れているのか。

「先輩……話には聞いてたんすが……その、お尻の穴から指を入れて刺さってる自分のチ×ポをしごくのって、こりゃ感じますね。うっ、脳天にビンビン電気が走るっすよ！」

男も感じるのだろうが、その行為は女も感じさせる。亜希子はその「両穴同時攻撃」でほとんどノックアウト寸前に陥っていた。背中を弓なりに反らせ、肩も大きく揺れ、頭ががくがくと動いている。まるで電気ショックを受けて全身をのたうたせているようだ。

「わ、私、も、もう、だ、だめ……」

亜希子の躰は、何かに耐えるかのように、縮こまったように、いや、排便する時に力むような状態に似た感じになった。

「うわあっ！　せ、先輩っ！　そんなに締めると、イオオオレもこのまま」

彼女の全身が硬直してぐいっと反り返った。

そのオーガズムの瞬間、淫襞は最高に締まったのだろう。中井もげっというような異様な声を上げて硬直した。

……シンクロナイズド・オーガズム……。男女のリズムはなかなか一致しないので、義務でも演技でもなく本当に同時に達するのは至難《しなん》の業《わざ》だと言われているが、この瞬間の二人は、まさに同時に官能の最高峰に到達したのだ。

お互い硬直してオーガズムの瞬間を迎えた亜希子と中井は、その後もしっかり抱き合ったまま、仲よく全身を弛緩《しかん》させてがくがくと激しい痙攣《けいれん》を繰り返した。

何も知らなければ、この二人は感電しているように見えたかもしれない。

中井は、やがてがっくりと力を抜いて亜希子の上に覆い被さった。

「よかったわ……」

亜希子の手が、彼の背中を愛しそうに撫でた。

すごい。凄すぎる。

麻衣は半ば呆然として、その場に立ち竦《すく》んだ。

会社の中で、こんな強烈なセックスをしてしまうだなんて。淫乱なイケイケOLならいざ知らず、そんな破廉恥《はれんち》なことをしたのが、あのたおやかで理知的な、亜希子先輩だなんて……。

麻衣は、音を立てないようにそっと次の間から出ると、そのままトイレに入った。

「ああ……やっぱり」

麻衣のパンティも濡れていた。二人の激しい行為を見ている間、ずっと熱いものを感じていたのだ。このままトイレでオナニーするのもなんだか侘《わび》しい。特に、あんな凄いセックスを、ナマで目撃してしまった直後だけによけいにそうだ。

麻衣だって、これまでに夜の公園とか駐車場でアウトドアセックスやカーセックスの現場に遭遇したことはあった。しかし、あそこまで濃厚で官能に浸りきった行為を見たのは初めてだった。ただの好奇心や欲情ではあそこまでのハードなセックスはできないだろう。

それは、中井がテクニシャンだというのではなく、亜希子がすこぶるセックスに対して享楽的でオープンだからなのだろう。堅いから、真面目だからいいってもんじゃない。先輩は、ああやってストレスを解消しているのかもしれない。それはそれでいい。いいけれど……やっぱり……。

自分とは大きく隔たった道徳感は、すぐには受け入れられない。麻衣には強烈な抵抗感と割り切れない思いが残った。

彼女がオフィスに戻ると、すでに亜希子と中井は自分の席について残業を始めていた。

どうやら中井とのセックスは「残業の対価」のようだ。ここのところ業績不振が続いているこの会社は、今月からついに残業手当カットという反則技に出た。正社員ではないが、職務内容が実質的に中間管理職と同じ亜希子先輩は、自分の躰で残業手当を払ってやったのか。

それはそれで、やはり麻衣の道徳感とは相容れない。

「新島さん。あなたも残業？」

亜希子はいつもと変わらない調子で尋ねてきた。ついちょっと前まで、あんなに激しく乱れて悶えて絶頂を迎えた人物だとはとても思えなかった。顔色だってべつに赤くない。平常時と同じに白く美しい。息づかいもごく自然で、髪の毛にだって一筋の乱れもない。これでは誰が見たってずっと仕事をしていたようにしか思えない。

麻衣は狐につままれたような気分になった。

一方の中井はといえば、さすがに激しいセックスの後遺症が残っていた。額に汗がまだ出ているし、息も荒い。しかしまあ、二階下のフロアに書類を届けに走ったせいだと言われたら言い返せない程度だ。

まさに完全犯罪。証拠を残さない完全無欠の社内情事。禁じられているからこそ燃える男と女。などと、三流週刊誌の見出しのようなフレーズが麻衣の頭の中を去来した。

「新島さん。特に仕事がないのなら、もうお帰りなさい」

亜希子が再度言った。

麻衣は、自分の名前が嫌いだった。「新島麻衣」を声に出して読むと、まるでお馬鹿なセクシータレントのようではないか。彼女は、早く結婚して名字を変えたかった。もちろん夫婦別姓反対論者だ。

しかし亜希子先輩は私をことさら早く帰したがっているようだけれど、私がいなくなったら、またこの中井と濃厚なのをやるつもりなのだろうか。

ちょっと意地悪しようと思った麻衣は、特に仕事もなかったが残業することにした。

「言っとくけど、残業手当はつかないわよ。『ビーナス・スタッフ』が渋いの、知ってるでしょう？」

「ビーナス・スタッフ」というのが亜希子と麻衣が属している人材派遣会社だ。派遣社員は派遣会社と雇用契約を結び、派遣会社から給料を貰う。ビーナス・スタッフは基本給がいい代わりに残業手当などはつかない。派遣先がどんなにハードワークで、残業するのが日常になっていてもそうなのだ。彼女たちが派遣されてきているこの会社「三国《みくに》産業」の正社員も残業手当は一律カットだからその点格差はない。

仕事の内容も派遣だからといって変わりはない。本来の職種は「事務処理の補助」らしいが、実際には、派遣社員であるはずの亜希子の能力は、ほとんどの正社員を上回っていた。そのため、この課で実質的に仕事を仕切り社員を動かしているのは亜希子だった。つまり、正社員と派遣社員の間には「書類上の身分の差」しかない。

麻衣のような新入社員はお茶汲みコピー電話番で、ヒエラルキーの最下部に位置するから憎悪の対象にはならないが、亜希子は、そういうわけにはいかない。

同じような待遇で同じような仕事をしていても、派遣社員というだけで意地悪をされることもある。ましてや亜希子のように「正社員よりも仕事ができる派遣社員」ともなれば当然、その風当たりの強さ、妬《ねた》みそねみ陰口のひどさは並みではなかった。

亜希子はいつも穏やかに微笑みを絶やさず、今のところ辛そうなそぶりなど露ほども見せていないが、麻衣は、彼女が女子正社員の間でひどい悪口の対象になっているのを知っていた。

麻衣がトイレの個室に入っている時、正社員とは名ばかり、コネ入社の海外旅行とブランド物とオトコにしか興味のない低能な腰掛けOLたちが、聞こえよがしに下品な悪口を言っていたのだ。

その急先鋒《きゆうせんぽう》が、入社三年目の浅倉《あさくら》千晶《ちあき》。見た目だけはいいが中身が問題だ。性格は悪く頭のできも最低。しかし誰よりも強力なコネ入社を鼻にかけている最悪のOLだ。日頃から亜希子のことを疫病神のように忌《い》み嫌っていて、オフィスでもわざと書類を隠したりお茶を撒いたりという低能丸出しの嫌がらせに血道をあげている女だ。麻衣は最初から相手にもしてもらえない。

その千晶を中心に噂している、その内容がにわかには信じがたかった。OLたちの陰口で「あの女はセックスを武器に出世した」「躰で上司をたらしこんだ」

ぐらいまでなら、言うかもしれない。しかし千晶たちの話の内容は、そんな段階を遥かに超えていたのだ。

麻衣が耳にした亜希子への陰口とは……

「マトモに張り合う気になんか、なれないわよね。だってあのヒトは……」

「そーよねー。だってあのヒトは、自分の仕事に忠実なだけだもん。だいたい、男のほうがどうかしてるのよ」

「そうそう。だってあのヒトは娼婦……みたいなモノでしょ」

「企業娼婦」

「いえ。企業慰安婦」

「公衆愛人」

「共同妾《めかけ》」

「共有情婦」

これはただのやっかみではない。

正社員OLたちは、亜希子先輩のことを「頭のいい娼婦」「仕事もできる売春婦」と見なしているのだ！　能力もないくせにセックスを使って男に取り入って美味しい目にあってる、というレベルの陰口ではない。そこにあるのは、ハナから人間の種類が違うとでも言いたげな根源的差別思想だった。

かなり以前、雑誌に女子大生ソープ嬢の記事が載っていたことがある。わずか数年前には、こんなものが記事になっていたのかと驚かされるが、要は女子大生がソープ嬢になっていると思うから、近ごろの性道徳は乱れていると思えるのであって、ソープ嬢が女子大に通ってると思えばいいという内容だった。この論でいけばブルセラも援助交際も、娼婦がたまたま中学高校に通っている、ということになるのだろう。しかし、そういう考え方が、企業においてまかり通っていいものだろうか、と麻衣は思った。

学生ならアルバイト気分ということもある。しかし企業は一般的に副業は禁止だ。しかも就業時間内に「営業」などとは。

やっぱりおかしい。この人たちが亜希子先輩について言ってることは、絶対におかしい！　こんなことを言わせておいてはいけない。きちんと問いただし、誤解を解かなければ。

麻衣はパンティを引き上げるのもそこそこに、個室のドアを開けた。

「すみません。今のお話、一体どういうことなんでしょうか？　ちゃんと説明してください」

驚いたのは千晶たちリイアクOLだ。彼女がトイレの個室に入っていることを知っていて、わざと聞かせるために陰口をたたいていたのだが、まさか麻衣が出てきて正面から詰問されるとは夢にも思わなかったのだ。

「あらヤだ、新島さん、いたの？　そんな……マジになんなくても……ねえ。あっ、そうだ、あたし今日デートだしい、デパート寄って新しい口紅、買わなくちゃ……ちょっと早めだけど、みんなお昼、行こうよ。……新島さん、手、洗ったら？　あ、悪いけど、ここ片づけといてねえ」

正社員OLたちは蜘蛛《くも》の子を散らすようにトイレから逃げ去り、麻衣は洗面台に散らばった長い抜け毛とともに取り残された。

個室からペーパーを取って洗面台を拭《ぬぐ》いながら、麻衣の心は晴れなかった。

その時のことを思い出しながら、ついつい亜希子先輩のほうを盗み見てしまう。先輩がオフィスで相手にしている男が他にもいるのだろうか？　それを誰かに見られたので、あんなひどい噂が立つのか？　そもそも中井のような男を相手にするのは、亜希子先輩のストレス解消法なのか？　いや、そういうことをしてるから陰口をたたかれてストレスが溜まるのではないか？　いやいや。たとえば課長とか、他の男の不倫か浮気か知らないがその相手をしてるのがバレてストレスが溜まり、中井に手を出したのか？　いやもっと以前に、亜希子は淫蕩《いんとう》な尻軽の、セックスに関してだらしない女なのか？　頭はよくて仕事はできても下半身は別人格なのだろうか？

麻衣は、考えれば考えるほど訳がわからなくなっていた。目の前には、見るからに聡明そうでたおやかな魅力あふれる亜希子が、テキパキと仕事をこなしている姿がある。よけいに混乱は深まった。

それに、麻衣が帰るのを待ってさっきの行為を再開するようでもない。中井はたくさんの書類を持って別の部署に行ったし、亜希子本人は国際電話とファックス、それにインターネットを駆使して、外国の取引先との打ち合わせに没頭している。

中学の時から運動部、大学の専攻は地学で、体育会系かつ理系のメンタリティを持つ麻衣の前に、理屈では割り切れない世界がぱっくり口を開けていた。

女同士のイジメも複雑な人間関係も、オトナのどろどろした色恋沙汰《いろこいざた》も、どうでもいいと思っている麻衣だが、なぜか亜希子先輩がその渦中にあると思うと、平静ではいられなかった。

だんだん憂鬱になってきたところに、三田村《みたむら》課長が入ってきた。

「や。ご苦労さん。いやあ、亜希子ちゃん。君はスゴイねえ。先端機器を使いこなせるのは我が社では君だけかもね。ははは」

部下をファーストネームで呼ぶのはこの場合、馴れなれしすぎるのではないか？　亜希子ちゃん、ではなく、久野君、と名字で呼ぶべきじゃないか？　礼節《れいせつ》を重んじる麻衣は、今時、スマホも使いこなせない三田村の態度にむっとした。

「ねえ君。オマーンに人工の湖があるの知ってる？　オマーン湖。なんちゃって」

まだ三十四なのに、このオヤジ病の末期ぶりはどうだろう。この会社は最近、業績不振だとは聞いていたが、その理由がよくわかる。

麻衣が見ているのを知ってか知らずか、三田村は亜希子の肩に手を置いて、揉む真似をした。

「残業ごくろうさ～ん」

ついでに彼は亜希子の首筋にちゅっとキスをした。それに対して亜希子は、あろうことかいやがりもせず妖艶《ようえん》と言ってもいい流し目を三田村にくれた。

なんだこれは？

ガタン！　と音を立てて椅子を倒し、麻衣は反射的に立ち上がった。もう我慢できない！　と顔に書いてある。しかし、さすがに口にはできず顔を真っ赤にしているだけだ。

「どうしたの？　新島さん」

安っぽいオフィスドラマみたいな真似をどうしてするのだ！　久野亜希子先輩、あなたは私の偶像なのよ。仰ぎ見る対象。尊敬の的。そんな先輩が、こんな、落ち目の女優みたいなことをしてはいけない！

そう言いたくても言えない麻衣は、ただ足音高くオフィスから出ていった。

「……仕事ができて美人な尊敬する先輩が、みんなのオモチャになってるのがいやなんだろ」

三田村はにやにやしながら言った。

「あの子は正直だねえ。リトマス試験紙みたいに顔に出るから」

彼は、邪魔者《じゃまもの》がいなくなったのをいいことに、背後から亜希子の躰に手を伸ばし、その美乳を揉んだ。

「だけど、どうしてなんだ？　君んとこのビーナス・スタッフは、自分たちの使命がなんなのか研修を受けてから会社に派遣されてくるんだろう？」

「ええ……通常はそうなんですけど……」

亜希子は両脇から胸を揉まれ、首筋にキスされて口ごもった。その愛撫に感じたのではなく、どう説明したものかと詰まったのだ。

「彼女は、ほとんど研修を受けてないんです。すべて私の指示に従うようにって……」

と人事部長に言われたんです。『出物だから早く現場に配属しろ』

「で、君はあの娘に指示をしたのかな？　ビーナス・スタッフから来た派遣社員は、ただの派遣社員とはワケが違うってことを」

三田村は亜希子のブラウスのボタンを外して胸に手を入れ、薄いブラ越しにその柔らかな乳房の感触を愉しみはじめた。

「あン……そ、それはまだ……」

「困るじゃないか、亜希子ちゃん……。女子社員の間でけっこう評判なんだよ。あの娘はビーナスの派遣社員にあるまじき生意気な態度だって」

彼はブラウスのボタンを全部外して、ジャケットごと肩から剝くように脱がせた。亜希子は服が縛《いまし》めのような形になって上半身の身動きがとれない。

「課長……仕事がまだ終わってないんですが……」

「課長なんて他人行儀なことを言うなよ……」

三田村は亜希子の回転椅子の向きを変えて自分に正対させると、胸の谷間に顔を埋めて舌を這わせはじめた。

亜希子も彼の背中に手を回して、しっかりと抱きしめた。すでに大きくなりつつあるモノが彼女の膝や腿を擦った。

「彼女が誤解して妙なことをしはじめる前に、しっかり教えてやらなきゃ……。おれたちは間違ったことはしてないし、君らにどんなHなことをしても、全然悪くないって」

亜希子や麻衣が属するビーナス・スタッフは、業績不振で過酷なリストラや勤務状態を社員に押しつけざるをえない企業に「うるおい」を与える目的で、若くて魅力的な女性を送り込む、特殊な人材派遣会社だった。彼女たちの性的魅力によって人員整理や賃金カットから社員の目をそらし、不満を抑えることを目的としている。送り込まれた彼女たちは、社員たちの鬱屈した不平不満を文字通り全身で受け止めてガス抜きを計る、いわば「人身御供《ひとみごくう》」なのだ。賃金カットでフーゾクにも行けない男性社員のストレスを社内で解消し、不細工で男にちやほやされない女性社員の美人イジメ願望を叶えてやる。

この実体はさすがに企業のメンツがあるので一切公表されたことはないが、経営者の間ではビーナス・スタッフの名は轟き渡り、ここの派遣社員は引く手あまた、派遣契約した会社の業績は急上昇、巨額の赤字を一掃し不良債務をゼロにしてしまった不動産・金融関係の会社もあるほどだ。

しかも、社内の人間関係が円滑になりどろどろの社内不倫もほぼ根絶。横領や背任もなくなって株主総会は安泰、総会屋までが閉め出された。恨みによるトラブルもなくなって社員の自殺や刑事事件は根絶。スキャンダルに伴う懲罰左遷もなくなり、適材適所の人事が行なえ部下と上司の信頼関係も回復し、社内の平和と安定が強固なものになったという。

一言で言えば、社員の士気やモラルは向上し、社員のストレスは解消し、明日への希望と活力が生み出されて仕事へのエネルギーに変わるという、目覚ましい効果を産んだのだった。まさにコロンブスの卵、日本型組織の特色に着目し、人間心理のアヤを読み切った、革命的な経営改善・企業体質強化の手法と言えた。ちなみにその記事は「傾国データバンク極秘旬報二〇一四年十月号」に掲載されている。

そのような事情を一切知らされることなく、新人の麻衣が三国産業に派遣された裏には、久野亜希子が三国産業において永らくペアを組んできたもう一人のべテラン派遣社員・由里子《ゆりこ》が本社に戻り、新人の研修・教育に専念することとなった、という経緯があった。

いくら抜群の魅力と性的才能を誇る亜希子でも、一人では心もとない。しかも由里子が三国産業を離れた頃から、業績が下がりはじめた。

焦った社長はビーナス・スタッフに無理を言って、最高の人材を回してほしいと頼み込んだ。その結果派遣されてきたのが、麻衣だった。

「だから……私も、先輩として新島さんのことが、とても気がかりなんです……急にハードなことをして辞められたら、みんなが困るでしょう？」

「そりゃ困るとも。あの娘は、気は強そうだけどボーイッシュで魅力的だからね」

三田村はブラを外し、彼女の乳首を舌先で転がしながらパンティに手を入れた。

「ん。もうぬるぬるになってるけど、先に誰かと？　……ああ、例の、素人童貞君の筆おろしか……まあいいさ。それも会社の福利厚生だ」

三田村が気にせず彼女のパンティを脱がそうとしていると当の、彼女いない歴二十二年、ついさっきまで素人童貞だった中井が戻ってきた。

「さっきエレベーターホールで血相《けっそう》を変えた麻衣ちゃんに逢ったんですけど、なにかやったんすか？」

亜希子と三田村の様子を見ると、なるほどね、という顔になった。

「あの娘は男嫌いなんすかね？」

中井は、そんなことを言いながら、仲間に入れてくれというそぶりで近寄ってきた。

「おい。お前はさっきお愉しみだったんだろ。ここは上司にゆずれ」

三田村は、既得権はけっして手放さないぞという態度で亜希子の秘裂を指で嬲《なぶ》っている。

亜希子はというと、中井に見られて恥じらいつつも、三田村の指戯に陶然となっている。

「しかし亜希子ちゃん……君も変わったねえ。進歩したというか大人になったというか、女の悦びに正直になったというか……三年前の君はあの新島くんと同じ反応をしてたのに」

彼女は、三田村に秘腔をくじられてあはんと躰をくねらせた。

「そうなんすか。亜希子先輩にもウブな時があったんすね」

「まるで今はすれっからしみたいなこと言うな。いいオトナの女がいつまでも初々しいなんてことはありえんのだ。もしそんな女がいたら、それはただのカマトトで、抱いてもいい味はしない」

三田村はそう断言すると、亜希子の花びらをちゅうと吸った。

その感触に、彼女は官能のスイッチが入ったらしく、ふるふると全身を震わせた。

「……うまい。こんこんと湧き出るこの泉は、一献の銘酒のようだ」

「僕のスペルマもブレンドされてると思いますけど」

中井は鈍感なのか物怖じしないたちなのか、亜希子の乳房に手を這わせてきた。

「課長。どうせなら、場所変えて本格的に3Pいきましょうよ。『ホテル・青木ケ原』なら部屋も広いし、カラオケもあるし……おれ、コンビニでビールとか乾きものとか、見繕《みつくろ》ってくるっすよ」

こいつは遠慮というものを知らんのか？　花見のノリで3Pとか言うな！　三田村はかなりムカついた。

ほとんど異星人と言ってよかった。学生時代にサーファーだったのかなんだか知らないが、そのまんまの茶髪。ピアスだけはさすがに外しているが、いっこうに敬語を覚えようともせず目上への態度もわきまえない。自分に社会常識が欠如していることすらわかっていない。以前の自分も、上司になんのかんのと言われたが、ここまでひどくはなかったはずだ。こんなヤツをなんで社長は採用したんだ……。

三田村は亜希子から身を離してホテルに出かける支度をしながら、脳天気な中井を睨《にら》みつけた。しかし中井は、「先輩のカラダって糸を引きますねー」などと言いながら亜希子のブラを直してやっている。それを言うなら後を引くだろ！

亜希子は納豆じゃねえんだ。

今夜は亜希子と二人でしっぽり、と思っていただけに三田村は腹が立った。

そんな彼をなだめて、亜希子は三人でホテルに入った。

二人の男のペニスを愛撫し女芯を与えながらも、亜希子は麻衣のことが気がかりだった。

この仕事にはある種、「慈悲の心」というか、愛が必要なのだ、と彼女はつくづく思っている。ロシアの文豪が娼婦を天使のように描いたのも、文豪自身が彼女たちの存在に助けられた経験があったからだろう。男にマザコン傾向があるのは日本人だけの現象ではない。とすると……あの直情的でデジタル思考、女性的な包容力に乏しい麻衣に、この仕事が勤まるだろうか、と彼女は考え込んでしまうのだった。

麻衣はたしかに美形だ。身長は亜希子より高く、背の低い男など気後れしそうだ。スポーツで鍛えたその肉体には贅肉《ぜいにく》というものが一切ついていない。その肢体からエネルギーが発散しているようだ。

髪こそセミロングで肩までのボブだが、漆黒の前髪を切り揃えたその下には、美しく長いアーチを描く眉と、ぱっちりしたフランス人形のような瞳があった。鼻は高からず低からず、ほっそりした鼻梁《びりょう》とは対照的に、ぽってりと厚い上下の唇が愛らしい。厚みのわりには引き締まった、おちょぼ口と言っていいような口許なので、亜希子は見るたびに一度真っ赤なルージュを塗ってみたいという誘惑に駆られた。

しかし、当の麻衣は化粧にあまり興味がないのか、いつもピンクの、ほとんど色味のない口紅を使っている。いや、あれは口紅でさえなくリップクリームなのかもしれない。

麻衣自身は自分の魅力をあまり意識していないようだが、立ち姿が美しいスレンダーなそのスタイルは理想的なモデル体型と言えた。亜希子が面接をしたならばビーナス・スタッフになどに入らずにどこかのモデル・エージェンシーにでも行けば、とアドバイスしただろう。

　スレンダー、とは言っても、出るところは出、締まるところは締まっている。亜希子は更衣室で彼女の下着姿を何度も見ているが、ベッドで麻衣の躰を見たら、その素晴らしさにほれぼれするだろうと、いつも思った。上背があるからスレンダーに見え、きりっと引き締まった躰つきなのでグラマラスに感じないのだ。

　あの娘が私のことを気にかけてくれるのは嬉しいんだけど……と、亜希子は男二人に抱かれていても心はセックスに向かず、麻衣のことを考え続けた。

　美人だし、頭もいいみたいだし、性格だってまっすぐ過ぎるほどにまっすぐだ。ビーナスの人事部長もこの会社の社長も、研修抜きで即現場に欲しいと言ったのは無理もない。それはどの磨けば光る石だ。だからこそ上手にもっていかないと、彼女は辞めてしまうだろう……そうなると先輩としてこの私も責められる……いえ、なによりもそれではあの娘が気の毒だ。一体何の因果で、あんな娘がよりにもよってこの仕事に……。

「どうしたんだよ。今夜はいっこうに燃えないね」

　汗だくで亜希子のバックから挿入している三田村が不満そうな声を上げた。

「君はオフィスのほうが感じるのか？」

「いやあ。オレがじっくりパワフルにやったんで、本日分は打ち止めになったんっすよ」

亜希子にペニスをしゃぶってもらいつつ、リモコンでＡＶをザッピングしている中井が、上司を舐めきった態度でほざいた。

「バカモン。セックスをパチンコにたとえるな！　それにな、フェラをしてもらってるというのに、ＡＶ観てるとは失礼極まりない！　だいたいが、お前みたいな新入社員が久野くんに相手をしてもらえるなんぞ、五年早いんだぞ！」

部下に対すると必要以上にオヤジくさい口調になる三田村はピストンさせながら喚《わめ》いた。

「そんなにおっしゃらなくても……三田村課長。私、今夜はちょっと疲れぎみなのかもしれませんわ……。だから、ゆっくり、みんなでリラックスして愉しみましょう……」

中井のペニスを放して、亜希子は躰を捻り、三田村に唇を差し出した。この場は彼を懐柔しなければ。上司優先の法則というものがある。

お気楽な中井は、ソファに移動すると今度はビールを開けてＡＶのボリュームを上げた。

「ばか！　他人のことも考えろ！　こっちはナニの最中だ！　気が散るだろ！」

上司は思慮浅い部下にまたも怒鳴った。


新島麻衣は、高円寺より徒歩二十分のワンルーム・マンションで、シャワーの後のナイトキャップを飲んでいた。といっても、ただの缶チューハイであるが。

麻衣の両親は、東京郊外に住んでいる。そこそこの住宅街だが、いかんせん都心から遠過ぎた。通勤に不便だし社会人になったんだから一人暮らしする、と宣言して、彼女はこのマンションに住みはじめた。べつに男を引き込もうなどとは思っていない。彼女はただ、本気で仕事をするつもりだったのだ。

そんな麻衣は、今日会社で目撃した、亜希子と中井との行為が目に焼きついたままで困っていた。

彼女だって、人並みに経験はある。というか、あまり男とのセックスに関心はなかったのだが、大学生にもなって処女というのもバケモノみたいな感じがあったので、属していた運動部の先輩に誘われるままに躰を与えたのだ。その先輩は麻衣が処女だったことに感激し、かつ彼女の躰の素晴らしさにぞっこんになってしまったのだが、麻衣は違った。通過儀礼を済ませたという感じで、もうあんな痛くて卑猥なことはしたくない、と思ったのだ。
で、その先輩の誘いを断り続け、求愛を蹴り飛ばし続けた結果、彼はノイローゼになって休学してしまった。それ以来、麻衣の女の部分を刺激する男は出現せず、酒に強い彼女は合コンで酔い潰れてテゴメにされることもなく、セックスレスな生活を送ってきた。

共学の大学だし、学生は勉学を本分とすべしという時代でもないから、周囲にセックスは氾濫していたが、彼女自身興味を持てなかったのだから仕方がない。

とはいえ。

今日目撃したアレは凄かった。

他人のナマのセックスを見たことはある。ついこの前までイマドキの学生だったのだから、ヤリコンにも参加したことはあるし（「麻衣、あんたオトコに興味ないってヘンタイなんじゃないの」と友人に言われたので顔を出したのだ）、酒に飲まれただらしない男女が乱交をしている現場にいたこともある。麻衣に手を出すと痛い目にあうとみんな知っているので、彼女は酒を飲みながらその光景を眺めているだけだったが。

どうしてこんな原始的で動物的なことをしたがるのだろう、としか思えなかった。

なのに、亜希子と中井の行為を目撃して興奮してしまった。他人の行為を見ただけでパンティが濡れるなどというのは初めての体験だったし、そういうことを食い入るように見てしまったのも初めてだった。

「私は先輩がわからない」

今夜もう何度目になるかわからないが、麻衣は眩《つぶや》いていた。

あんなガキに、あの亜希子先輩が、本気で相手をするだなんて。

それに……残業中にやってきた三田村課長に嫌らしいことをされても、ただ微笑んでいるだけなんて。

そういえば、と麻衣は亜希子にまつわるあれこれを思い出した。

就業時間中、この会社の男性社員どもは亜希子先輩の躰を遠慮会釈なく触っていた。お尻をぱんと叩くのはほんの序の口。彼女の後ろに立って、胸に手を回して鷲摑みにするところも見てしまった。その時はなにかの間違いだろうと思い、記憶から消そうとしたのだ。そのセクハラ男が日頃敬意を抱いている大川常務だったからだ。

麻衣は、記憶の扉が大きく開かれた気がした。缶チューハイの酔いのせいか、今まで抑圧してきた光景が、一気に甦ってきたのだ。

仮眠室から、女子トイレから、資料室から、亜希子先輩はなに食わぬ顔をして出てきたけれど、決まってその後、男性社員がちょっと恥ずかしそうな風情で現れたのだ。いや。相手が男性だけとは限らない。女傑《じょけつ》と名高い相川《あいかわ》京子《きょうこ》監査役、あの人も亜希子先輩と一緒に会議室から出てきたことがあった。打ち合わせにしては夜が遅かったぞ。

頭脳は優秀だけどニンフォマニア、というヒロインの小説を読んだことはある。仕事もバリバリ、セックスもバリバリ、という女性を主人公にしたアメリカ映画を観たこともある。しかし、架空の彼女たちは妙にセックス剥き出しだったり、やたら男勝りのように描かれていた。そんな女がこの日本に存在するわけないし、第一、亜希子先輩には清潔感が漂っている。公私混同しそうもない、凛《りん》として決然としたところがある。

うーん。わからない……。

麻衣としては珍しく、缶チューハイ一本程度で酔ってしまったから、よけいに頭が働かなくなってきた。

その代わりに浮かんでくるのは、亜希子と中井の、あの激しいセックスの光景だった。

先輩の鮮やかな桃色の女陰に、中井の、細身の躰に似合わず逞しい男根が出入りしている。それは愛液で濡れて妙にテカっている。猥褻《わいせつ》な生き物のようにひたすらピストン運動を繰り返している肉茎はピンク色だが、太い。まるで氷原を割り進む砕氷船のようなパワーでもって、亜希子の秘部を突き進んでいる。

遠くから覗き見ていたから、そんな局部のアップなど見ていないのに、麻衣の脳裏にはそういう映像が浮かんでいた。視力がやたらいいせいかもしれない。

記憶の中の全裸の亜希子は、肌を薄赤く染め、ほんのりと汗ばんでいる。あの部分には愛液が湧き出ていて、薄めの恥毛をぐっしょりと濡らしている。

そして亜希子は中井の抽送に反応して躰を反らし、震え、腰をうねうねと蠢かせている……。

麻衣は、風呂上がりでバスローブだけを身につけていた。思わず両脚の間に手を伸ばすと、そこはシャワーのお湯か湧き出た愛液なのかわからないが、しっとりと濡れていた。

男性経験は少ないし、セックスにさほどの興味もない麻衣だが、オナニーは好きだ。いろんなことでモヤモヤしていても、オナニーをすればすっきりする。

この指技に満足しきっているから、男に対して欲望を抱かないのかもしれない。

そう思いながら、麻衣は熱くなっているその部分に指を這わせた。

バスローブの裾《すそ》がめくれ、彼女のしなやかですらりと伸びた脚が現れた。シャワーの火照《ほて》りを残したその肌は薄いピンクに染まったままで、弾けるようにぷりぷりと張っている。

その脚の付け根にある薄めの秘毛を掻き分け、指が敏感な突起に触れた時、麻衣は思わず声を上げてしまった。

いつもより感覚が敏感なのだ。いきなり高圧電流に感電してしまったような衝撃が走った。

微かなタッチで、秘所をまさぐった。もう片方の手は、硬くなった乳首をつまんでいる。

麻衣は、生まれて初めて他人のセックスをイメージしながら自分を慰めた。

秘門に這わせた指が、内側の柔らかな部分をゆっくりと擦りあげていく。芯から熱いものがじわじわと湧きだしてくるのが自分でもわかる。

その愛液をすくい取るようにして指は肉芽に向かった。

「あ……」

指が少し動くだけで、じんじんと痺《しび》れるような感覚が全身を支配していく。しかし今夜はなんとなく、しっくりこない。

やっぱり他人同士のセックスをイメージするからいけないのだ。ここはひとつ……仕方ないから、あの中井を思い描いて……。

麻衣は、日頃馬鹿にしている茶髪の中井をオナペットにして行為を続けた。

想像上の彼の屹立《きつりつ》した大きな男根は、めりめりと音を立てるように彼女の女陰に入ってきた。媚肉を左右に押し分けて、もりもりと侵入してくる。硬くて太くて熱くて逞しいモノに満たされる感触が、電気となって背筋を駆け昇った。

彼の男根は猛然と彼女の媚肉を責め苛《さいな》んだ。カリの部分がGスポットをしっかりと捉え、情け容赦《ようしゃ》なく擦りあげていく。ああこれ以上責められると壊れてしまう……想像の中で彼女は腰を引いた。

「だめ……許して……壊れてしまいます……躰がバラバラになってしまいそうで……」

「何を言ってる。君のオマ×コからは本気汁がとめどなく噴き出てるじゃないか。ふふふ、その上潮まで……」

「ああ……そんな恥ずかしいこと、これ以上おっしゃらないで」

「君のクリトリスは小指くらいに大きくなって、触ってくださいと言っている。こんな淫《みだ》らな女だとは夢にも思わなかったよ」

想像上の中井は、会社でのように「オマ×コぬるぬるっすよ」とは言わない。あくまで渋い。同時に麻衣自身も、演歌に出てくるヨヨと泣き崩れるか弱い女になりきっている。でも本当に渋い男にこうされたら、私も変身して可愛い女になっちゃうかも、と麻衣は思った。

想像の中で中井は、肉棒が挿入されている秘裂に指を差し込んで、彼女の肉芽をつまみあげた。

ぷりぷりに膨らんだそれが、彼の指でするりと剝かれ、中身が顔を出す。

「あああああっ……感じ、感じすぎます……もっと優しく……」

中井の指は、皮を剝いた麻衣のクリトリスをくにくにと擦りあげていく。

「ひいいいいっ！　気が、気が狂いそう！」

「そうかい。そんなに気持ちがいいかい」

彼は色悪《いろあく》になったような口調で麻衣をいたぶる。

「もっと感じろ。お前は大きなペニスが好きなんだろう？」

中井は、返事をしないか、とこれまた硬く敏感になっている乳首に爪を立てる。

「いやああっ。そうです。私は、大きなペニスが大好きなんですぅ！」

ふふふ、と笑った彼は、思いきり腰を突き上げた。

「ぐふっ！」

子宮口が強く叩かれて、麻衣はその衝撃で息ができなくなった。

めくるめく快感。躰中が溶けてなくなっていきそうな、強いセックスでなければ得られない、目も眩《くら》むような悦楽。

彼女は指で慰める行為に没頭していた。股間が、くちゅくちゅと派手な音を立てるのも気にならない。

ああ、バイブがあったら入れてみたいなあ……。ストリッパーみたいにアソコに挿入し、大きくこね回し、猥褻に腰をくねらせてみたい。うん、男にそうされるのもいい。それで私は冷静な彼の目の前で、どうしようもなく乱れて淫らになって、イクイクイクと叫んじゃうの。

ソファの上で、麻衣はいつしか全裸になっていた。

Cカップほどの乳房は、仰向けになっても形が崩れず、その美しいフォルムを保っている。乳首はツン、と上を向いて今が盛りという感じで実っているのだ。

快感でひくひく震えている躰は引き締まり、腰は見事にくびれている。ボリューム感はないが、そのぶん均整の取れたその躰のバランスは素晴らしかった。

亜希子の肉体に、抱き心地満点の弾力とむっちり感があるならば、麻衣の躰は最高の鑑賞用だとも言えた。女として成熟するにはまだ時間を要するが、肉体の美しさの点では今が頂点だ。麻衣には天性の美というものがある。残念なことにその美しさに麻衣自身は気づいていないから、モデルになろうなどという気も起きなくて、地道な就職を模索した結果、ビーナス・スタッフに行き着いたのだがそれはまた別の話。

今の麻衣はオナニーに没頭し、夢想の中で男に抱かれている。

「ひゃあ。派手にいくっすねえ！　麻衣ちゃんは！」

突然、中井が頭の中に登場してすっ頓狂《とんきよう》な声を上げたので、麻衣はたちまちのうちに素に戻ってしまった。

だめだこりゃ。あんな男じゃ私の相手にはならない。でも、躰はスイッチが入って、このままアクメにいって欲しがっている……。

麻衣がシラけながらも指を動かし続けていると、脳裏に浮かんだのは美しいニンフというか天女のような肢体を持つ女性だった。

その女性は、優しく麻衣の躰を愛撫しはじめた。

微かな舌のタッチ。

くすぐったい感じは、すぐに疼くような快感に変わった。

想像上のニンフは麻衣の乳首を指で挟んで引っ張った。

「ああん……痛いン」

しかし、何度も引っ張られているうちに、痺れるような官能が乳首から全身に、波紋のように広がっていった。

ニンフの右手は親指で肉芽を転がし、残りの指では秘唇を擦りあげている。

「はうっ！　す、素晴らしい……素晴らしいわっ！」

両手で敏感な場所を触られ、舌で躰全体を丹念に愛撫される。その今までにない感触が大きなうねりとなって麻衣の躰を包みはじめた。

夢想の中のニンフは、自分の乳房を彼女に擦りつけた。

「いい？　感じる？　素晴らしいでしょう？　セックスって、いいでしょう？」

麻衣はその声にはっとしてニンフの顔を見た。

それは亜希子だった。

「せ、先輩！」

「あなたはセックスというものを知らなすぎるわ……まだコドモね」

空想の亜希子先輩は、女が見てもぞくぞくするような妖艶な笑みを浮かべると、行為に没頭した。

彼女の美しい唇からは舌がちろちろと出入りして、麻衣の滑らかな躰を優しく、じらすように愛撫していく。

同時に、秘部を弄っていた先輩の細い指が、ずぶりと花芯に入ってきた。

「はあっ！」

亜希子の、いや実は麻衣の指は股間で激しく妖しく蠢いた。腰も一緒になって、軟体動物のように淫猥な動きを繰り返している。

全身が、宙に打ち上げられたような感じになった。麻衣のオーガズムはなかなかに激しい。

スリリングな上昇感のあと、空中にふわりと浮かび、その一瞬の浮揚感の後、猛烈な勢いで地上に向かって落下しはじめた。

この感覚が堪《たま》らない。

麻衣は絶叫した。

全身は落下を続け、このままでは地上に叩きつけられてバラバラになってしまうのに、恐怖よりも快感が勝ってしまう……そんな悪魔的な歓びが彼女の全身を包んでいた。

目の前に、地面が迫ってきた。ああ、もうダメ。死んでしまう！

「い。い、イクぅ！」

麻衣の全身は激しく痙攣し、ぎゅいんぎゅいんと大きく反り返って、オーガズムに達した。

夢と現実の狭間、痺れの残った陶酔の中を麻衣は漂っていた。自分のオナニーの中に、亜希子先輩が出てきたことが、ちょっとショックでもあった。

「……あたし、レズなのかなあ……」

でも、中井のようなバカ男よりも、亜希子先輩のほうがいい。絶対にいい。

麻衣は、いつしか、亜希子の印象が自分の中で変化しはじめていることに気づいていなかった。

颯爽《さっそう》とした優等生キャリアウーマンというよりも、もっと大人の女だけが持つ、毒の香り漂うミステリアスな女という感じになっている。

空想の中でレズってしまったけれど、もちろん亜希子先輩のセックス・アピールだけが魅力なのではない。

けれどそういう危険な女のほうが、尊敬する価値がある、とも麻衣は思った。優等生ＯＬはこの世にたくさんいると思うけど、先輩みたいに不可解で妖艶で、しかも仕事のできる女はそうはいないはずだわ。

そう。亜希子先輩は謎の女。ミステリアス・ウーマン。

麻衣は憧れの先輩に勝手なイメージを張りつけると、そのまま眠りに落ちていった。

翌日。麻衣は久々に爽快な気分で出社した。

亜希子はというと、なにやら気づかわしげな視線を彼女に投げてきた。

「あの……どうかしましたか」

昨夜夢想とはいえレズをした相手である亜希子に話しかけるのは、ちょっと恥ずかしい麻衣だった。

「ええ……あとでお話ししたいことがあるの」

亜希子は真剣な表情で言った。

なんだろう？　昨日のことを説明してくれるのだろうか。

でも、大人の女には秘密とか謎がつきものなんだから、それはそれでいいんです、と麻衣が言おうとした時、早川《はやかわ》人事部長が満面に笑みを浮かべてオフィスに入ってきた。

「ええと。仕事を始める前に、臨時の人事を発表します」

このセクションを取り仕切る三田村もそのことは聞いていなかった様子で、人事部長の突然のお出ましに驚いている。

「久野亜希子君。君を新設の新規事業開発プロジェクトの責任者に任命します。本日付けで辞令が出ました。課長待遇ということで」

そのだしぬけの発表にいちばん驚いているのは亜希子本人だ。

早川部長はそんな彼女の気持ちを見透かすように言葉を続けた。

「もちろん君は派遣社員であるけれども、この際そのことはあまり関係ない。君も我が社に来て三年。その働きぶりと能力はみんな評価していることだろう。これからは実力主義、適材適所でいく、という社長の方針を受けてのことだ。頑張ってくれたまえ」

異例も異例の大抜擢《だいばってき》を受けて、さすがの亜希子も呆然としている。

これが、その後の事件の幕開きだった……。

第二章　トイレの新人いじめ

一介の派遣社員としては破格の、課長待遇のプロジェクトリーダーという抜擢を受けた亜希子に、部下として指名されたのは麻衣だった。

「久野君なら社内での実績を見る限り、営業でもやっていけると思った。今後は派遣といえども社員の能力は十分に活用しなければならない。新島君も体育会出身だし、ひとつ営業の専門職を目指してくれ。とりあえず二人でペアを組んでやってみて欲しい」

楢崎営業部長が辞令を渡しながら言った。

「で、最初はどこに行ってみるかね？」

「権堂《ごんどう》商事に行ってみようと思います」

部内の全員が、驚いたように亜希子を見た。口調は静かで表情も穏やかだが、瞳には決意が漲《みなぎ》っている。

「……いや、しかし、いくら最初だからダメ元でも、とはいっても……あそこは難攻不落《なんこうふらく》だぞ。これまで何度も我々営業部が一丸となってアタックしたが、いつもさんざん条件を出され、気を持たされたあげく、最後の最後に必ずダメになる」

楢崎営業部長は、嫌なことを思い出したように顔をしかめた。彼は、プライベートでは変態趣味があるという噂だが、仕事上ではあくまで正攻法を通す硬骨漢《こうこつかん》だ。よほど先方の仕打ちが腹に据えかねているのだろう。

「権堂商事の担当は、島《しま》というニヤけた男だ。外国駐在経験をひけらかしている。なにかにつけて『だからジャパニーズはダメだ』が口癖のイヤミな野郎だ。それでいて外国人や上司にはへいこらする根性の腐った奴でな……ああ、思い出すだにはらわたが煮えたぎる」

楢崎は怒りのあまりかデスクをゴンと叩いた。

「まあまあ楢崎君。そう熱くならないで」

大川常務がなだめに入った。

「熱くならいでか。あいつは二枚舌だ。口ではビジネスライクにやりましょうと言いながら、腹では賄賂《わいろ》をよこせと手を出してるんだ。ウチが業績不振で工作資金がないのを知ってていたぶってるとしか思えんじゃないですか！　なにが悲しゅうてあんな権堂商事に……」

「でも営業部長。今度開発した新製品は……わたくし昨日、営業を拝命したあと調べてみましたが、やはり売り込み先としては権堂商事が最適だと思うんです。難しい取引先であることはわかりますが、やらせてみていただけませんか？」

亜希子たちの三国産業は、かねてより画期的新製品を開発していたが、ようやく商品化の運びとなり、強力な販売網を持つ提携先を探していた。それがどんな製品で日本の産業にどれほどの意味を持つものなのかは後述するが、とにかくそれを無事流通ルートに乗せることさえできれば、会社は一気に立ち直り、最近の業績不振を抜け出せることは間違いなかった。

しかし、ライバル会社が巧妙に三国の製品を真似たものを即席に作り上げて、潤沢な工作資金にものをいわせて強力に営業しているらしいという噂も入ってきている。

「ネックになるのは交際費の予算がないことだけです。これさえクリアすれば、品質の点でも納期でも、ライバル社に商談を掠《さら》われることは絶対にないはずです」

亜希子は静かに話した。

「まず権堂商事に話を持っていくべきですわ。最初から諦《あきら》めることはありません。この製品には社運がかかっているのではありませんか？」

「言われてみればその通りだ。よし……この商戦に負ければ、ライバル会社は興隆し、我が社の未来はない。いいか。これは天下分け目の戦いなのだ山崎なのだ関ヶ原なのだ」

大河ドラマの影響か、楢崎部長は悲愴感《ひそうかん》たっぷりに雰囲気を盛り上げている。もともとノリがいいのか亜希子の説得力のせいなのかはわからない。

麻衣は、緊張すると同時にハラハラした。

こんなことを言ってしまって、亜希子先輩は売り込みに失敗したらどうするのかしら？　今だって理不尽なセクハラを受けているのに、もっともっと酷《ひど》い目にあわされるのではないだろうか？　打ち合わせに同席している麻衣には、楢崎や大川が内心期待していることがうすうすわかったような気がしていた。

もしかしたら、この人たちは亜希子先輩にわざと失敗させて、それにつけ込んで先輩を自由にしようとしているのではないかしら？　仕事をしくじった亜希子先輩にいやと言わせないように外堀を埋めて、みんなで先輩の躰を貪《むさぼ》ろうとしているのでは？　……そうだわ、私たちが営業に回されたのも、きっとその目的があるからよ。それがわからない先輩ではないはずなのに、なぜよりによって難しい取引先を……。営業部の精鋭が束になってかかっても歯が立たなかった相手を、わざわざ選ばなくたって……。

麻衣は、ただひたすら亜希子のことを気にかけていた。入社以来、ほとんど信じられないほどのセクハラが亜希子に対して加えられるのを目にしていなければ、ここまでうがった見方をすることもなかっただろう。しかしなぜか、同じく営業に回された自分の身の危険についてはまったく考えが及ばなかった。

しかし、亜希子はその無理難題に挑戦しようとしていた。穏やかながらも、凜と引き締まった表情に、早くも営業ウーマンとしての気迫とエネルギーが滲《にじ》み出ている。

てきぱきと資料を当たって問題点を洗い出し、部長と常務に要所を質問している彼女の姿を見ているうちに、麻衣にもファイトが乗り移ってきたような感じがした。

そうよ、これは派遣社員への、ひいては女全体への挑戦なのよ。どうせ派遣社員の女ごときに、と思ってる正社員をあっと言わせるのだわ。それには普通の営業と同じことができるだけでは駄目だ。難攻不落の相手をこそ落としてみせなければ。派遣社員だから、女だからどうこうなんて、くだらない陰口をこれ以上叩かせないためにも。……ああ、先輩はさすがだわ。私、どこまでもついていきます……。

麻衣は、亜希子への尊敬の念がますます募るのを感じていた。

決めたからには早いほうがいい、とにかく先方に会ってみようと、亜希子と麻衣はビジネス・スーツに身を包み、権堂商事にやってきた。

「やあ。楢崎さんから凄いやり手の営業ウーマンをよこすと聞いてましたので、戦々恐々としてたんですよ。お二人とも、こんな美人とは思わなかった。お手柔らかに頼みます」

応接室で会った島冬作《とうさく》三十六歳は快活そうな笑顔を見せた。自身もやり手であるのは、その鋭い目つきときびきびした身のこなしでわかる。

スポーツで鍛えた躰は身長百七十八センチ、体重六十二キロ。甘いマスクに鋭敏な頭脳。若くして部長職にある出世頭。そういう自分の魅力をしっかり意識しつつ、日本的謙譲の美徳で包み隠しているその姿は、あまりに出来過ぎていてイヤミなほどだ。

これは男から見たサラリーマンの理想像ではあるかもしれないが、麻衣は目の前にいる島に本能的な警戒心を抱いた。先輩はどう思っているのだろうか、と亜希子を見やったが、あくまで穏やかに微笑んでいる彼女の横顔から、本心は窺《うかが》い知れなかった。

あの茶髪の中井や、どうしようもないセクハラ社員どもに日夜接して、しかも慈愛の心で受け入れている先輩のことだから、私と違って免疫があるのね……麻衣はそう思うことにした。

面談している新人ＯＬがそんなことを考えているとは夢にも思わない島は、自分の二枚目ぶりを意識して微笑み、これ見よがしに真っ白な歯を光らせた。

「楢崎さんは、ボクが美人、それも理知的で聡明な女性に弱いのを知ってるからなあ。あ。でも、ボクはビジネスでは男女はまったくの対等だと思ってますがね」

島は白い歯をきらりと輝かせた。

「それは私どもも同じですわ」

亜希子もさらりと言ってのけたので、彼は表情を引き締めて商談に入った。おだてには乗らないと即断したのは評価できる――。

「……少なくとも、島さんは、話のわからない人ではないと思うわ。サンプルの発注もしてもらったし、まったく脈がないとは思えない。……なんとか粘ってみましょうよ」

一応の成果を得た帰り道、亜希子はのどかな口調で言った。

「でも先輩、私、あの島部長って人、なんか信用できないんですけど……だいいち、あんなに歯を光らせちゃって。芸能人でもないのに歯が命っていうか、例の歯磨きを一日一本は使ってるんじゃないですかあ」

「ダメよ、新島さん。ビジネスの相手を好ききらいで分けてちゃ。仕事にならないでしょう。ああいうタイプはナルシストが多いから、適当に褒めてあげればいいのじゃないかしら。処方箋《しょほうせん》が簡単なぶんだけ助かる、と思えばいいのよ」

さすがは先輩。

優しくたしなめられて、麻衣はますます亜希子への敬慕の念を深くした。クールで優しい昼の顔と、ダーティでニンフォマニアな夜の顔。ああなんだか……先輩って、フランス映画のヒロインみたい。

「えっ！　注文を取ってさただって！」

報告を受けた楢崎部長と大川常務は腰を抜かすほど驚いた。

「ききき、君たち、昼間からいったいどんな手を使って」

「ただ筋道立ててお話をしただけです。とにかく優れた製品なので実際に使って、比較していただければと……」

鳩が豆鉄砲を食らったような顔で、幹部二人は亜希子の経過報告を聞いた。

「もちろん楽観はしておりませんが、これが突破口になればいいな、と」

「素晴らしい！」

楢崎と大川は手を取り合って踊りだしそうになった。

「楢崎君！　私は今日はじめて優秀な部下を持つ上司の悦びというものを味わったぞ。いやあ、こんなに感激するものとは思わんかった」

「私もです、常務！」

この知らせは、ビッグニュースとして社内を駆け巡った。

一躍、亜希子と麻衣の評判は高くなり、もはや〝派遣社員の女の子〟扱いされることはなくなった……と言いたいところだが、そうはいかなかった。

ヒラの正社員たちの陰湿なやっかみが待っていたのだ。

もともと外から来た社員、それも派遣社員が正社員以上に仕事ができるだけでも亜希子は反感を買っていた。しかも管理職待遇だ。その上、早々と、そしてやすやすと手柄を立てられてしまって、正社員たちのプライドはズタズタになってしまった。自分たちの無能さが暴かれたせいかもしれない。

しかし、そうはいっても、さすがに男性社員はその場でストレートに反感を表現することはなかった。

問題は、女子社員だった。

女の足を引っ張るのは女だとよく言われるが、自分より成果をあげる、あるいは脚光を浴びた相手について、素直に能力の差だと認めることのできない女たちが、この会社にも多かったのだ。ましてや相手は、自分たちより一段低く見ていた派遣社員だ。

女のクセに、とまさか同性から思われようとは、二人とも予想していなかった。それを、麻衣は身をもって体験することになった。

次の日、出社してきた麻衣が自分のデスクの引き出しを開けた時だった。

書類が入っているその一番上に、肉色の奇妙な物体があった。長さは二十センチくらい、頭と胴の部分に別れているようで、くびれが入っている。頭とおぼしき部分には稚拙な目鼻立ちの、顔のような凹凸もあった。

何かしら、これ、コケシか何か？　民芸品にしては安っぽいわねえ、と麻衣が思わず取り上げ、しげしげと眺めていると、離れたところで固まっていた女子社員の集団から、浅倉千晶がつかつかと歩み寄ってきた。

「あら～、新島さん。あなた会社にナニ持ってきてるの？」

新しいセクションとはいえ、オフィスは旧来どおりの雑居で、麻衣のデスクのすぐ近くにはやっかみで燃え上がっている女子正社員軍団が手ぐすね引いて待ち構えていたのだ。

その軍団の急先鋒が浅倉千晶だ。外見はお嬢様風で、いかにも上品でたおやかなのだが、性格の悪さは天下一品。入社三年目だというのにまだ学生気分が抜けず、頭の中はアフターファイブと海外旅行と買い物と男のことばかり。残業を命じられて「ダメよ～ダメダメ」などと言っている始末。

これで見た目も悪ければ誰も相手にしないところだが、「息子の嫁にしたいタレントナンバーワン」の某女優に似ているのが幸いし、また、彼女の親が三国産業の有力なお得意様である浅倉商店の経営者であることもあって、千晶は社内で理不尽なほど大切にされていた。

どんなに可愛い飼い猫も増長させると最悪のワガママ猫になるのと同様、千晶も最悪OLである。

「まー、イヤらしい。それってバイブじゃない。さすがカラダで仕事取ってくるヒトは違うわよねえ」

バイブ？　そこでやっと麻衣は、自分の手にしているものが民芸品まがいの大人のおもちゃであることに気がついた。怒りでカッと頭に血が昇り、目の前が真っ赤になった。

見えみえの工作だ。千晶たちが入れたに決まっている。だけど証拠がない。普通のウブな新人OLなら、ここで真っ赤になり恥ずかしさのあまり立往生するところだ。しかし麻衣は、あいにくなことに怒りがファイトを掻きたてるタイプだった。気がつくと、千晶に負けない、部屋じゅうに響くような大声を張り上げていた。

「ええーっ！　これ『バイブ』って言うんですかあ？　私、英語に弱くって……じゃ、グアムかどっかのお土産かなあ？　私、貰《もら》う覚え、ないんですけどぉ」

次いで麻衣は、くだんのコケシまがいを高々と掲げ、部内の全員に呼びかけた。

「あのー、これ、浅倉さんが『バイブ』だって言うんですけどぉ、どなたか間違って入れてません？　誰のですか？」

麻衣の声は、すらりとしてボーイッシュな外見に似合わず、可愛らしく高めだ。やたら通る。今や部内の全員が、唖然として麻衣と千晶を見ていた。

デスクで端末画面に見入っていた亜希子も、はらはらして、しかし黙って見ているほかはなかった。デスクにバイブを置かれてイジメのネタにするというのは亜希子も以前やられた。その時はまさに相手の思う壺にはまって動揺してしまい、さらに次なるイジメのネタにされてしまったのだが、麻衣の反応は亜希子の予測を遥かに超えていた。

「えーっと、コレ、浅倉さんが『バイブ』だっていう、このお土産かなんか、知りません？」

麻衣は部内を歩きまわり、ついに女子社員一人ひとりにバイブを突きつけはじめた。

こうなるとどっちがイジメられているのかわからない。麻衣に迫られた女子社員たちは、自分たちで仕組んだこととはいえ、全員腰が引けている。

「ちょっと新島さん！　人聞きの悪い、浅倉さんだのバイブだの言わないでちょうだい」

「えーっ、だって、これが『バイブ』だって教えてくれたの浅倉さんでしょう？」

「なによ！　最近の派遣って非常識だわ！　カラダで仕事取って大きな顔しないで！」

「それ、どういう意味ですか？」

千晶も完全にヒステリー状態で、もはや一触即発だ。まずい、なんとかしなければ、と亜希子が立ち上がりかけた時、茶髪の新人社員、中井君の能天気な声が響き渡った。

「そのバイブ、きっと総務のっスよ。ほら、この前の週末、総務の人たち熱海に旅行したじゃないですか。その時みんなで秘宝館に寄ってウハウハ、みたいな話してたっすよ」

「あああ、あの秘宝館な、あそこはいい。諸君も熱海に行ったらぜひ寄るといい」

なんとか話をそらそうと三田村課長も必死にフォローしている。

「そうっすね。……麻衣ちゃん、ちょっと総務まで行って聞いてきたら？」

「はい、そうしまーす。浅倉さんが『バイブ』だっていうコレ、総務の備品じゃないですか、って」

「もう、いい加減にしてよ！」

完全に目が吊り上がった千晶をよそに、麻衣と中井は爆笑している。

中井の左耳でピアスが銀色にきらりと光った。入社してしばらくはさすがに自粛していたものを、また復活させたらしい。

「きゃははは」という麻衣の声を聞きながら、亜希子は憂鬱になった。この子たちは……悪気はないいんだろうけど、とても自分と同じ人種とは思えない。まるでエイリアンだわ。いったい彼らは人の和とか職場の雰囲気をなんと思っているのかしら？　私がどれだけ我慢して、千晶たちの大人げないイジメにも微笑みつつ耐えて、みんなが働きやすい環境を作ろうとしているかなんて……わかるわけないわよね。

これで仕事の雰囲気は滅茶苦茶、このトラブルは一週間は尾を引いて、また生産性が下がるのよ……ああ、むなしい。

思えば、悪い予感はしていたのだ。千晶たちが、麻衣の陰口を言っているのを聞いた時だ。

「ちょっと信じられる？　派遣の、あの麻衣って子。トイレに入ってたからワザと悪口言ってやったら、なんと、出てくるじゃないの！　『そのお話、もっと詳しく聞かせてください』だって。いったいどういう神経してんのかしら？」

神経について千晶にコメントされたくはないが、麻衣が、亜希子の知っている、いかなるＯＬとも異なる〝ニュータイプ〟であることを、その時に悟るべきだったのだ。

亜希子は、今まで職場の人間関係について麻衣と、きちんとコミュニケートしておかなかったことを悔やんだ。

「あー、その問題の秘宝館土産についてはだな、私が預かる。諸君は仕事に戻ってくれたまえ。……どうだ、今夜あたり、部内の親睦を兼ねて、ぱっと飲み会などするというのは？」

「あっ、いいっすねえ、課長。早速、予約入れますよ、任せてください！」

こんな時だけ目を輝かせるな、仕事をしろ仕事を、という気持ちは三田村課長も、亜希子と同じらしかった。

一度はへこまされても、あの性悪の千晶がこれで引っ込むはずはない、という亜希子の心配は現実になった。それもバイブ騒動の余波も納まらない、その日のうちにだ。

今度は麻衣が飲んだコーヒーに下剤が入れられた。

といっても千晶が麻衣にコーヒーなど淹《い》れてやるわけがない。怒り心頭の千晶は、オフィスにあるコーヒーサーバーに下剤を入れてしまったのだ。そのとばっちりを食らって、無実のＯＬ数人と三田村や課の男性社員が腹を押さえてトイレに走る、という被害が生じたが、怒りの千晶は屁《へ》とも思わない。

日頃から用心している亜希子だけは自分が口にするものは自分で用意する習慣があり、鍵のかかる引き出しに家から持ってきた魔法瓶が入っている。

が。麻衣はまんまと千晶の計略にはまってしまい、下剤入りのコーヒーを二杯も飲んでしまったのだ。亜希子がいれば、魔法瓶の中身を麻衣にも分けてやっただろうが、あいにく亜希子は営業との打ち合わせの続きで、席を外していた。

突然の腹痛に襲われた麻衣が、卑劣な仕返しにあった、と思った時には遅かった。彼女もトイレに駆け込んだが、個室は理不尽なとばっちりに苦しむＯＬで満室だった。

慌てた麻衣は踵《きびす》を返して非常階段を使い階下のトイレに駆け込もうとした。しかし下腹部の痛みは、もはや少しの振動にも耐えられなくなりつつあった。

彼女は、脂汗《あぶらあせ》を流しながら非常階段の手摺《てす》りを必死に摑み、力が抜けそうな下半身を奮い立たせ、やっとの思いでトイレに辿《たど》り着いた。

安堵《あんど》したのも束の間だった。

ドアを開けると、先回りした千晶が満面に笑みを湛《たた》えて待ち構えていたのだ。

「あらあ？　新島さんどうしたの？　顔色が悪いわよ」

「あ、ちょっとお腹が痛くて……」

麻衣は千晶の横をすり抜けて個室に入ろうとしたが、千晶は行く手を遮《さえぎ》るように立ちはだかった。

「さっきの件なんだけど、はっきりさせときたいと思って。あの嫌らしいバイブは、あなたのものなんでしょ？　隠さないではっきり言いなさいよ」

虫も殺さぬ優しそうな顔立ちの千晶だが、その仮面の下では残酷な悪魔が長い舌をへろへろと出してあざ笑っている。

「だからあ、そんなもの知りませんって。どいてください。ちょっと急ぎますので」

麻衣は強引に彼女を押しのけて個室に入ろうとしたが、千晶も女の意地で、テコでも動こうとしない。

ぐるる、と麻衣の腹が悲痛な叫びを上げた。

「ねえ、新島さん。ちょっと仕事がうまくいってるからって調子に乗り過ぎじゃない？　久野さんがいるから、あなたみたいな新米派遣社員でも大きな顔してられるのよ」

麻衣は必死で肛門括約筋を締めていた。少しでも力を緩めると液状の汚物が怒濤《どとう》のように流れ出しそうだ。固形の場合はある程度我慢はできるが、下ってしまった場合は一刻の猶予《ゆうよ》もならない。

「ですからその件は、あ、後から……」

「あなたが頼みにしてる久野さんだって、いかがわしい派遣社員じゃないの。課長や部長や専務や常務と寝まくってチ×ポを舐めて昇進を勝ち取ったの、知らないの？」

育ちのよさそうな顔をして下品な言葉を使う千晶は、邪悪《じゃあく》な笑みを浮かべた。

ああ、これ以上は我慢できそうもない……。ここでお洩らしなどしてしまったら、この女にナニを言われるかわかったものじゃない。尻軽女は肛門もユルイとかなんとか。こいつが考えそうな低級な表現だ。それに……粗相《そそう》は、麻衣にしても困る。替えの下着は持っていないし、汚れてしまった躰をどうやって清めればいいのだ？

「とにかく！　そこをどいて！　話は後からっ！」

麻衣は、千晶を突き飛ばすように押しのけると個室に突入した。外で音を聞かれていようが、もうどうでもいい。とにかく排泄《はいせつ》しなければ。

トイレは和式だった。

麻衣は焦ってスカートをめくり上げ、パンストをパンティごと引き千切るようにずり降ろし、ようやくの思いでしゃがみこんだ。

と、同時に断末魔のような音が高らかに鳴り響き、麻衣の菊座が決壊した。

もともと胃腸が丈夫な麻衣は、下剤を使ったことが一度もなかった。それだけに効き目は激烈で、激しい勢いの排泄物がまるで怒濤のように流れ落ちた。しかも、なかなか終わらないのだ。収束しそうに勢いが衰えても、またすぐに便意が盛り返し、こんなに溜まっていたのかと、自分でも驚くほど大量のモノが出た。

「やだあ、新島さんたら、凄い音を立てて。恥じらいってものがないのかしら」

ドアの外で聞いている千晶が大きな声で嘲《あざけ》った。

「最近は男の人の前でウンチするプレイが流行ってるらしいけど……あなた、そういうのもやるわけ？」

麻衣は言い返したかったが、今はそれどころではない。短い周期で襲ってくる、嵐のような痛みと戦っているのだ。

「ねえねえ、新島さん、お昼に、何か変なもの食べなかった？　すごおーく臭いわよ。あーあ。育ちの悪い人はウンチまで臭いのね」

その時、トイレに数人のＯＬが入ってきた。みんな千晶の仲間だ。

「どうしたの？　浅倉さん」

「あのね、新島さんがなんだか食当たりかなにかで苦しそうなのよ。さっきから凄い音で出しっぱなしで……このままだと脱水症状を起こしちゃうんじゃないかって、心配してあげてるのに、新島さんたら大丈夫の一点張りで……」

それを聞いたＯＬたちは、麻衣の入っている個室のドアをがんがん叩きはじめた。

「大丈夫？　診療所のドクターを呼んでこようか？」

「い。いえっ！　だいじょうぶですっ！　ちょっと一人にしてくださいっ！」

千晶はさも心配そうな声を作った。

「ねえ、みんな、このままだと危険だわ。新島さんを外に出したほうがいいと思わない？」

冗談じゃない。まだまだ排泄は続きそうなのだ。勢いのあまり跳ね返った汚物がついているお尻を丸出しにしたまま、外になど出られるはずがない。

個室の外でごそごそという音がした。

しゃがんだ麻衣が顔を上げると、個室の仕切りをよじ登った千晶が顔を出して、こちらを覗き込んでいる。

「きゃっ！　やめてください！　何を見てるんですか！」

「あなたをよ。せっかく人が心配してあげてるのに。好意は素直に受けなさいよ！」

明らかに心配などしていないサディスティックな表情で、千晶は、お尻を出してしゃがみ込んでいる麻衣の、無防備な姿を見下ろしている。

「出てきなさいな。ドクターに見てもらったほうがいいわ」

「まだダメ！　まだお腹に残ってるの……」

「やだあ！　それだけ出してまだ終わらないの？　派遣社員って、ウンコの量が違うのね」

無茶苦茶なことを千晶は喚いた。

なさけないことに、そう言われている最中も、麻衣のお尻からはだらだらと垂れ落ちている。

「ねえ新島さん。マジで、ドクターに下痢止めの薬を貰ったほうがいいわよ」「は

言ってることはもっともだが、その口調が含み笑いなので、麻衣としても「はいそうですね」と外に出ていく気にはとてもなれない。

「これだけ言ってるのに、それじゃ仕方ないわね」などと千晶たちが言い交わす声が聞こえる。千晶は手下のOLどもの肩から、ようやく降りたようだ。

まったく。中学生のイジメじゃあるまいし、トイレを覗いて実況中継とはなんて悪趣味。

怒っていると、ありがたいことに腸の活動もようやく小康状態になってきた。

麻衣は、和式トイレで脚がすっかり痺《しび》れてしまったのを感じながら、のろのろと紙を使って拭《ふ》きはじめた。

その時。じゃあという音とともに天井から水が降ってきた。恐るべきことに、千晶たちは清掃用の水道ホースで個室のドアの上めがけて放水を始めたのだ。

信じられない。なんという幼稚なイジメなのだろう!

水の勢いは思いのほかに強く、脚が痺れていることもあって、麻衣はもはやしゃがんではいられなくなった。

「とっ止めて！　水を止めてよっ！」

「じゃあ早く出てきなさいよ」

まるで籠城する凶悪犯を排除する機動隊みたいだ。この次は催涙弾でも打ち込まれるのじゃないだろうか⁉

大量の水を浴びせられて、麻衣は全身ずぶ濡れになってしまった。しかしなおも、狭い個室の中の彼女を追いかけるように狙い撃ちしてきた。彼女はパンティを足元まで降ろしたままで逃げ惑い、ついに便器の中に足を踏み入れてしまった。

不運にも、まだ流す前だ。

足に汚物がついた瞬間、麻衣はキレた。

もう許せない。ただじゃおかない！

麻衣は寒さと悔しさと怒りに全身を火照らせながら、個室のドアをバン、と開いた。

「きゃー。なんてブザマな格好なの。トイレでずぶ濡れ。足もパンツもウンコだらけ、で、お尻はどうなのかしら？」

今や千晶はスケバンのような存在感を示していて、同僚の正社員ＯＬを顎で使っていた。

すっかり配下と化した同僚ＯＬたちは、千晶の言うままに麻衣の首根っこを摑んで外に引きずり出そうとした。しかしすっかり足が痺れていうことをきかない麻衣は、そのままばったりとトイレの床に倒れ込んでしまった。

「あーあー、もう。汚いんだから。この人間汚物！」

千晶は清掃用のモップの柄で麻衣のスカートをずり上げて、お尻をふたたび丸出しにした。

哀れなことに、まだ拭ききれていない残り物が、麻衣の美しい線を描く臀部に付着している。

お嬢様の皮を被った悪魔は、まるで愛車を洗車するように水道ホースを麻衣に向け、ふたたび栓をひねった。

水の勢いで、麻衣の肌が歪《ゆが》んだ。エステのコースみたいだが、ここはトイレだ。いじめられっ子と化した麻衣は、されるがままで身動きしない。彼女の躰から流れ落ちた汚物は床を伝って排水口に吸い込まれていく。

水責めが終わると、ＯＬたちは麻衣を足で蹴飛ばしはじめた。ワルのリンチも、男より女がやるほうが凄惨《せいさん》だと言われている。オフィスでは従順な可愛いフリをしたＯＬたちは今、千晶の指揮のもと、般若《はんにゃ》のような形相でばしばしと麻衣の躰にケリを入れていた。

「なにさ、オマ×コ使って仕事してるくせに！　それで成績よくても最低じゃん。あんたなんかソープでもピンサロでもどこでも行きゃいいでしょっ！　上司が上司なら部下も部下よ。まったく、娼婦と一緒に机を並べたくないもんだわ。会社の品位にかかわるのよっ！」

放っておけば、モップの柄を麻衣の秘部に突き刺しかねない狂暴さを千晶は見せた。同僚たちも、さすがにイジメの限度を越えたと思ってそわそわしはじめた、その時。

「ちょっと！　あなたたち、一体何をしているの！」

化粧室のドアが大きく開くと、そこには亜希子が立っていた。常に冷静さを失わない彼女としては珍しく息を弾ませ、髪を乱している。

打ち合わせから戻って、フロアのトイレが満杯という阿鼻叫喚《あびきようかん》を目にし、麻衣も千晶も姿の見えないことに胸騒ぎを感じて社内をあちこち探しまわっていたのだ。亜希子は、床に倒れ伏している麻衣に駆け寄った。

「新島さん！　どうしたの？　大丈夫？」

麻衣の躰に手をかけた亜希子は、彼女のスーツがずぶ濡れなのに気づさ、振り返って千晶たちを睨みつけた。

「何があったのか、だいたいの察しはつくわ。できの悪い中学生みたいなバカなイジメをするトシなの、あなたたち？　いくらなんでもこれはやり過ぎよ。上に報告するけど、いいわね」

するとと突然、倒れていた麻衣が、がば、と上体を起こした。

「いいえ！　報告なんてしないでください、先輩。なんでもありません。私なら大丈夫です」

おろおろして固まっていたOLたちも、ホッとしたように口々に言いはじめた。

「そうです。私たち、何もしてません」

「新島さんがお腹をこわして」

「その……バッチイものが足と下着についちゃって」

「あたしたち、綺麗にしてあげてただけですぅ」

「……ということで、あたしたちも仕事があるので、もう行きます」

アホバカOLどもは、あっという間にいなくなった。

「こんなことだろうと思ったわ……私も前にやられたから。……ごめんなさい、守ってあげられなくて」

「名探偵、すべてが終わってさてと言い」という言葉があるが、亜希子としては、麻衣が辞めるにしても事情を知ってからにして欲しかったし、こんな形でおしまいになるのは大変辛かった。返すがえすも席を外していたことが悔やまれる。

「着替えを持ってきたわ。サイズが合えばいいけど」

彼女は麻衣に紙袋を手渡した。これは、亜希子自身がいつ被害にあっても大丈夫なように常備してあるのだ。

「ごめんなさい。ここまでひどいとは思わなかった……」

麻衣は亜希子を不審そうに見ている。

「なぜ着替えがあるんですか？　それに先輩も前にやられたって、どういうことなんでしょう？　この会社って、一体どんな所なんですか？」

蹴られた痛みやずぶ濡れの服を気にかけるふうでもなく、麻衣はひたすら好奇心に取り憑かれてしまったようだった。

「そうね……それは、説明するのが少し難しいかもしれないけれど……就業後に時間を取って、きちんとお話しするわ」

亜希子は、麻衣の躰を拭いてやりながら、今夜の飲み会ではこの子を守ってやらなければ、と決心していた。

部内の親睦飲み会には、三田村課長以下全員と亜希子と麻衣が参加した。学生時代は合コンの名幹事だったと自称する中井のセッティングで、カラオケスタジオのパーティルームが会場だ。

「今朝言いだしたことなのに、よくこんないい場所が押さえられたな」

「そりゃもう、ボクはやるときゃやるっスから」

典型的宴会要員の中井は胸を張った。

千晶たち極悪ＯＬ軍団はルームの中央に陣取って、男性社員にビールを注がせたりしている。今日の女子トイレでの大立ち回りは、すでにビッグニュースとなって社内を駆け巡ったのだ。

こんなことがすぐ広まるようでは、この会社の将来は暗い、とみんな一様に思った。とはいっても、業績不振、リストラ、賃金カットなどロクな話題のない昨今、こういうスキャンダラスな話はウケる。まさに「人の不幸は蜜の味」だ。

もう一方の当事者である麻衣と亜希子はルームの片隅に座って、ひたすら目立たないようにしている。

課長と係長が下手なカラオケを歌ったあと、妙な沈黙が続いた。

「まあまあ、皆さん、今夜は皆さんの親睦の会なんだから。……まー今日はいろいろありました。やたらみんな下痢しちゃうし、ね」

三田村は、管理職としての統率力が問われそうでびくびくしている。

「課長！　飲みましょう！　ぱあーっといきましょう、ぱあーっと！」

と声をかけたのは千晶だ。彼女はさっきから飲みっぱなしで、もう完全にでき上がっていた。

いつもなら、先に男性社員が酔っぱらい、それを口実に亜希子が血祭りにあがってお触りされるわ脱がされるわキスを強要されるわで大変なのだが、今夜の注目の的は麻衣だった。

トイレでの惨劇の結果、亜希子の服を着ているからサイズが小さい。スカートなど超ミニな丈で、少しでも前屈みになるとパンティが見えてしまう。ブラウスも小さくて、スレンダーな麻衣とはいえ、胸元はプリプリに張り切ってボタンが飛びそうだ。

トイレの中で水責めにされ、下半身丸出しでボコボコにされたそうだ、という話はみんなが知っていた。

「その……ゲームでもやらないか？」

三田村が声をかけると、すかさず中井が用意してきたゲームの道具をセットしようとした。しかし、千晶がそれを遮るように立ち上がってステージに昇った。

「は～い。ではこのわたくし、千晶ちゃん手作りの、くじを引いてくださ～い。○印を引いたら王様、×印がついたのを引いたら、奴隷です。この際シンプルなルールでいきましょ～」

彼女は泥酔一歩手前。目が完全に据《す》わって、狂気が宿っているような眼光の鋭さがあった。

全員が手際よく、くじを引いていって、亜希子の番になった。

どうせこういうイベントの時はひと肌脱ぐのが私の務め、と思っている亜希子が引いたくじは、なぜか今回に限り、○印だった。ということは……。

案の定、×印を引いたのは麻衣だった。

「ねえ浅倉さん。この罰ゲーム、私が代わりに……」

亜希子は麻衣を庇《かば》おうとして前に進みでた。

「いえいえ。新プロジェクト担当の営業ウーマン様に罰ゲームなんて、そんな畏《おそ》れ多い。ねえ課長」

三田村は何と答えていいかわからず下を向いた。

麻衣のフレッシュなボディも見たいけど、亜希子のほうが好みだしなあ……などと考えていたのだ。

「いいです。ルールはルールです。私やりますから。で？　何をするんですか？」

麻衣が立ち上がった。

「お股にこの筆を挟んで、お習字を書いてね」

本当はアソコに筆を入れてと言いたいところだけど……と目をらんらんと輝かせた千晶が言った。

床に置かれた半紙の上にしゃがみ込んだ麻衣は、両膝の間に筆ペンを挟もうとした。しかし、スカートをかなり上までたくし上げないと、筆を挟んで躰を動かす体勢にはなれない。

結局、太腿を全部見せて、腰を振りふり字を書くという形になってしまった。

男性社員たちには麻衣の太腿もパンティも初見参だから、彼らの目は、麻衣の股間の一点に注がれた。

「で？　なんて書けばいいんですか？　『バイブ』とか？」

麻衣はあくまで千晶に屈するつもりはないらしい。

「そうね……あなたにお似合いの、『いんらん』とでも」

気の強い麻衣は「はいわかりました」と腰をくねらせて注文どおりに書いた。

彼女がいやがったり抵抗しないのが面白くない千晶は、続けて二回戦を始めた。

またも亜希子は○を引き、麻衣が×を引いた。

「で？　今度は何をやればいいんですか」

麻衣もすっかり挑戦的な目つきになっている。

千晶はカラオケに「タブー」をリクエストした。

「今度はね、ストリップをやっていただくわ。ねえ、男性の皆さん、新島さんのヌード、見たいでしょ？　でしょでしょ？」

もちろん、三田村以下の男性陣に異存はない。ただ、茶髪の新人社員、中井だけが遠慮がちに異議を唱えた。

「あのう、そういうのって、ちょっとマズいんじゃないっすか……」

「中井君。あなた、王様ゲームを知らないの！」

千晶が耳まで裂けたような口を開いて怒鳴りつけた。

「ストリップは、このゲームの基本でしょうが！　世間一般の常識よ、わかってないのね！」

「ですから、ここは私が……その、部下に代わって」

亜希子が立ち上がってスカートに手をかけたが、ＯＬ軍団によって座らされ、瓶からじかにビールを飲まされた。

「まあまあ、先輩はもうそういう段階を終わったんですから。こういうことは新人が。ね」

彼女たちは酔った勢いで力も強く、亜希子はシートに押さえつけられてしまった。

スピーカーからは、例の有名なメロディが流れ出し、アホバカＯＬの誰かが「これって、カトちゃんでしょ？　おじさん趣味大好き！」と口走って、どっとウケている。すでに後戻り出来ない雰囲気だ。

麻衣は立ち上がった。

「いいです。私、体育会系で、こういう余興は慣れてますから」

麻衣はさっさとジャケットを脱ぎスカートを床に落とし、ブラウスのボタンを外した。

ブラに包まれたその乳房は思ったより量感があり、パンティに覆われた腰のラインにも色気があった。

だが……ストリップは焦らせながら少しずつ脱いでいくのが芸なのであって、さっさと裸になってしまうと、お風呂に入るような感じがして色気も何もない。

麻衣はブラを取って小ぶりだが張りのある新鮮なバストを露わにした。

パーティルームに備え付けのミラーボールが回りだし、彼女の裸身に妖しい光線を投げかけたが、運動で鍛えた麻衣の躰はすこぶる健康的で淫靡さがまったくない。

裸体というものは、下着に隠されていればこそ色香を放つものであって、このようにアッサリとすっぽんぽんになってしまうと、身体検査の順番待ちか、女湯の脱衣場かという、妙に日常的な空気が漂いはじめてしまう。おまけに前を隠そうともしないで堂々と立っているから、その恥毛にすら恥じらいは感じられない。

「新島君。惜しいなあ、せっかくいいプロポーションなのに。潔すぎて、この場に欲しい情緒ってもんがないぞ」

三田村が思わず洩らした。

「だって私、プロのダンサーじゃないですから。一介の派遣社員ですよ」

全裸の麻衣の躰には、昼間のOL軍団の「暴行」の跡がついている。その青痣がよけいに色気を奪い去っている。

「……なんだかなあ、アメフト部の合宿の風呂場みたいだよなあ」

中井もそうボヤいているのだが、その言葉に反して、目は光り、食い入るように麻衣のヌードを見つめている。

「こういうの……イジメみたいでよくないよなあ」

口ではそういうくせに、彼の股間は次第に盛り上がって来た。他の男性社員がシラケてしまっているのと好対照だ。

普通の男なら、素っ裸の女が恥じらいという弱みを見せると攻撃的になる。が、逆にここまで堂々とされると、宴会の席に全裸の女が一人という、そのシチュエーションの異常さばかりが強調されて、気圧されて縮こまってしまうのだ。ストリップ劇場で、舞台にいる全裸のヌードダンサーが胸を張って堂々と立っていると、ヤジも飛ばずしんとしてしまう、そんな状況に似ている。

「ねえ浅倉さん、どうしましょ。……なんだか盛り下がっちゃったみたいねえ」

同僚ＯＬに言われた千晶は、三回戦を始めた。麻衣は全裸のまま、またくじを引かされた。

またしても麻衣が×のくじだった。

「ねえ。このくじ、おかしいわよ。フェアじゃないわ」

亜希子が抗議しようとしたが、口にフライドチキンを押し込まれてしまった。

「じゃあねえ、新島さん。今朝話題になったこのバイブを……」

千晶は自分のバッグから大きなバイブを取り出すと、みんなに見せた。

「この場で使ってもらおうかなぁ？　あ、自分で使って愉しまれるのもツマらないから、妙にアンタを庇ってる、ほら、そこの中井君。中井君にやってもらいま～す」

ＯＬたちに押し出された中井は、勃起を隠すために中腰、前屈みという実になさけない格好だった。これでは女たちに反撃する気力もない。

「新島さんのアソコに入れるというのも芸がないし、ねえ」

千晶は暗に、アヌスを責めろと言っている。みんなの反応を計っているのだ。

「でも……千晶さん。いくらなんでも、それはちょっと」

ＯＬ軍団の一人が言った。

「裸になってはしゃぐのはシャレになっても、それ以上は……」

「あら、そう？」

千晶はみんなを見渡した。

「みんなもそう思う？　私は、今日、新島さんがトイレでさんざん出した場所に、入れてあげるのって面白いと思ったんだけど。お尻だって、いつも出すばかりじゃツマらないでしょう。たまには入れてあげないと、って」

千晶はこの場所でアヌス責めをしたいのだが、意外にも支持が集まらない。

「じゃ、仕方がないわね。ストリップが罰ゲームなんだから、じゃあ、まるっとご開帳して貰いましょう。さあ」

千晶の意を受けたOL軍団は、寄ってたかって麻衣を床によつんばいにさせ、俯せになって、お尻だけを高々と突き出すスタイルにさせた。

「ほら、新島さん。だめじゃないの、お股を閉じてちゃ、肝心の場所が見えないわよ」

OLたちは彼女の脚を無理矢理こじ開けた。

「まー、いいオマ×コだこと」

酔っているのをいいことに、一線を越えてしまっているOLの一人が彼女の臀部をぴたぴたと叩いた。

「ちょっと！　いい加減にしてください。離してよ！　シャレにならないわ」

麻衣が剝き出しのヒップをくねらせて抵抗すると、千晶が言った。

「ああら、あなた、抵抗する気なの？　……そう。じゃ仕方ないわね。それじゃ、さっきからあなたの代わりになりたくてウズウズしてる、この久野先輩の恥ずかしいところもご開帳して貰おうかしらね？　ほら、みんな亜希子さんのスカートを取って！」

千晶は本当にやるだろう。

「いいですっ。やります。私がやりますから。やりゃいいんでしょ」

麻衣は観念した。憧れの亜希子先輩が、こんな場所で秘部を晒しものにされるような辱めを受ける姿は、見たくない。

しかし麻衣にしても、裸になるまでは我慢するが、自分の秘部まで剝き出しにはしたくない。愛する相手に個人的に、というのとまったく違うのだ。カラオケスタジオで酔っ払いの見世物になるのだ。そんな恥辱には耐えられない。

が、彼女のそんな気持ちなどお構いなしに、二人のＯＬが麻衣の脚をぐいと両側から引っ張った。

彼女の太腿はぐっと九十度ほど押し広げられて、完全に菊座を晒す、剝き出しのポーズになってしまった。

男性軍は、こうなるとからきし意気地がない。愉しむのもはばかられるし、たしなめるのも恐い。みんな困ったような表情で、成り行きを見守っている。

「ほうら、中井君。これで新島さんを、しっかりと愉しませてよ」

千晶はバイブのスイッチを入れてから彼に手渡した。

ぶいいいんという鈍い音を発しながら、バイブの上半分がうねうねと卑猥な動きを始めた。本物の男根はもちろんこんな動きはしないが、肉色のバイブの表面には、よく見るとリアルな皺や血管の浮きたちまでが再現されている。飢えた男根のモンスターが女肉を求めて勝手に一人歩きしている、まるでそんな風に見えた。

中井は、思い詰めたような、求道者がその鍛練のために愛するものを手にかけるような悲壮な表情で、うねうね動くバイブを、麻衣のお尻の谷間に近づけた。

「止めてよ！　止めてください！」

これまで無言で耐えて来た麻衣が、さすがに弱音をあげた。

「なに可愛い声を出してるのよ。あんたがヤリマンなのはわかってるのよ！」

千晶がヤジを飛ばした。

この女は、私のアメスを思う存分もてあそばないと気が済まないのだ。

麻衣は悟った。

ならば……こうやって嫌がっているほうが、千晶を喜ばすことになるのなら……。

「さっさと……さっさとやってよっ！　どうせ入れるんなら早いとこ済ませて！」

麻衣はヤケになったのか、強姦されそうになっている誇り高い女のような口調で叫んだ。

中井は、額に脂汗を流しながら、手にした巨大なバイブを麻衣のアヌスにあてがおうとした。

が、しかし。

中井は、それ以上の事が出来なかった。脂汗が彼の顔からしたたり落ちて床を塗らした。

バイブを持つ手は震えて、全身は硬直している。

その様子を見た千晶は、大いに呆れてみせた。

「ダメだねえ、男って」

「でも千晶さん……。今日はこのくらいで……」

他のＯＬも、そんなことを言いだした。

「ご開帳で……」

「そう？　私はこのバイブがこの女のお尻の穴に深々と突き刺さってうねうね動くのを見ながらお酒飲みたかったんだけど」

千晶はバイブを手に持って、麻衣のお尻に近づけた。

「じゃあさあ、あんた。昼間はトイレで派手なことやったんだから」

「あ、千晶さんダメですよ。ここで浣腸とかのスカトロは」

「しませんよそんな非常識なこと」

千晶は手下のＯＬを睨み付けた。

「大きいほうはいろいろ後始末が大変だけど、小のほうならいいでしょ？　みんなの前で、オシッコしてご覧！　ストリップでもあるでしょ？　聖水ショーってやつ」

千晶はやたらに詳しい知識を披露した。

「どう？　みんなの前でオシッコをしたら、許してあげる。どう？」

悪のＯＬに顔を覗き込まれた麻衣は、受けて立つしかない。

「えッ……」

裸になることまでは想定内だったが、それ以上の、アヌス責めはもちろんだが、人前で放尿するなど、考えたこともなかった。

しかし……この場を収めるには、やるしかないようだ。

頑として抵抗すれば、千晶の矛先は先輩に向かってしまう。先輩なら、涙を呑んで何でもやってしまいそうだ。そうなることは絶対に避けなければ……。

「わかりました。やります」

麻衣は、硬い表情でそう言うしかなかった。

そのやりとりを見ていた中井は、異常な興奮を味わっていた。喋っている間も、麻衣の秘部はそのまま見放題だ。その上、聖水プレイまで始まるというのだから。

他のOLたちの手を退かし、麻衣はそのまま床にしゃがみこもうとした。

「ダメよ！　それじゃよく見えないでしょ！」

千晶は手下たちに命じて、空いているテーブルを積み重ねさせて、簡易ステージを作ってしまった。

「あの上でやりなさい！」

やると言った以上、拒絶は出来ない。

全裸の麻衣は、勇気を振り絞ってテーブルの上に上がると、しゃがみ込んだ。

脚は開いているから、秘部は丸見えだ。

だが……。

きばれば出るというものではない。

ここに来ていろいろあったから、麻衣は何も口にしていない。

そのことは千晶も気づいた。

「あのお嬢様に、水分を補給してあげなさいよ！」

そう号令すると、手下のＯＬが、麻衣にビールの大ジョッキをあてがった。

「さあ、思い切り飲んで！」

無理矢理ジョッキを傾けるから、殆ど頭から浴びるようにビールを飲んだ。

「さあ、オシッコしましょうね」

千晶が子供をあやすように、麻衣の下腹部をさすりはじめた。

大量のビールが効いてくるのに、そう時間はかからなかった。麻衣も、早く終わらせてしまいたいから、精一杯、きばっていたのだ。

「ほらほら、しーこいこいこい……」

千晶はぴたぴたと彼女の尻たぶを叩いた。

……情けない。

にわかに麻衣は、激しい屈辱を感じた。今まで抑えていた羞恥も、湧き起こってきた。

どうして私はここまでの屈辱を味わわされねばならないのだろう……。千晶の遠慮の無い手が、麻衣の柔らかで敏感な内腿をきゅっとつねった時、力が一瞬抜けた。

ぽたり、と一滴の液体が彼女の股間から垂れ落ちた。が、そのしずくは間もなく一筋の糸になり、そして水流になった。

じょろじょろと音を立てて流れ出す小水を、麻衣はもはや止めることはできなかった。女の構造上、いったん決壊してしまうと放尿は止まらないのだ。

彼女の陰門から流れ出る小水は、放物線を描いて簡易ステージから床に飛び、ばらばらと音を立てた。

「ああっ……恥ずかしい……」

彼女は唇を噛んでこの屈辱に耐えようとした。

その時。

突然ドアが開いて、カラオケスタジオのボーイが入ってきた。

「お客さん！　何やってるんですか！」

ボーイは驚愕しつつ、止められずに放尿を続けている全裸の麻衣のあられもない姿をしっかりと見た。

「ごめんなさいねえ。この子、酒癖が凄く悪くて、言い出したら聞かなくて。私たちはダメよ、いけないことよと止めたんですけどねえ」

関係ない男にまで恥態を見られてしまった。

麻衣の全身は羞恥で真っ赤に染まった。

「おやおや。たくさん出るわねえ。ゴメンナサイねえ、本当に」

千晶はボーイに謝ってみせた。

「あとからこちらで掃除しておきますから」

「頼みますよ！」

ボーイは怒りながら、それでも、もっと見ていたい風情で出ていった。

ようやく、麻衣の排尿が終わった。逃げるに逃げられないこの間、彼女は死ぬ思いだった。これ以上無防備で屈辱的な状態があるだろうか。放尿している間は、たとえ蹴り飛ばされても歯向かえないのだから。

彼女の股間から垂れ落ちる滴を見て顔をしかめた千晶は、これでお拭きよ、とお手ふき投げてよこした。

情けなくて涙が出そうになりながら、秘部を拭っていると……。

お手ふきが秘部に触れる、その感触に、なぜか理性の糸がぷつりと切れそうになっていた。

思いがけず、躰の芯からは、今まで感じたことのない熱いうねりのようなものが湧き出してくるのがわかるのだ。

どうして。どうしてこんなことをされて。なぜ、なぜなのっ！

麻衣は、官能らしきものを感じて狼狽した。

女の躰のごく自然な反応を見せて、麻衣の菊座の下に位置する花芯が湿りを帯びて来た。それは食い入るようにその部分を見つめている中井だけではなく、自分自身にもわかった。

羞恥責めを受けて、愛液が湧いて来たのだ。泉から沸きだした愛液が、花弁を濡らしはじめたのだ。

「す、すげえ……おまんこ、ぬるぬるっすよ！」

中井は、思わず声を上げた。

「中井くん。今が責め時よっ！」

千晶に命じられて、中井は麻衣の秘部に手を伸ばした。

彼の指先がその敏感な場所に触れると、麻衣の背筋に電気が走った。

「ひ。ああ、あんまり触らないで。な、中井君、お、お願い……」

じんじんするような感覚が始まって、無理矢理広げられている脚ががくがくしてきた。全身がかっと熱くなって、肌にうっすらと汗が滲みはじめた。

彼女はまだ、しゃがんでいる。広げた両腿の間に感じる、全員の視線が痛いほどだ。

麻衣には、自分の躰が恥ずかしい反応を見せはじめ、秘裂が熱くなり濡れそぼって来たのがわかった。

「あ。あああ。は、恥ずかしい……やめて、もうやめて……」

いけない。このままではもしかしたら、こんな大勢の人の目の前でイッてしまうかもしれない。それは最大の恥辱だし、そんなことになったら明日からどんな顔をして出社すればいいのだ。

「はううっ……や、止めてください……」

麻衣の初めて見せる弱々しい羞恥にまみれた態度は、かえってその場の全員を刺激してしまった。さっきまでシラケていた男性軍も現金なもので、今や身を乗り出し、固唾を呑んで成り行きを見つめている。

「こ、このオッパイが、こう、ゆらゆらしてるのが……」

中井は息を乱しながら手を延ばして、彼女の胸をむんずと摑みあげた。

「い、いやん!」

思わず甘い声が出てしまい、麻衣は死にたいような羞恥を感じたのだが、それがまたどういうわけか、よけいに官能をかき立てた。

こんな目にあっているのに、感じてる……。私は感じてる……!

普通のセックスじゃ、まるで何も感じなかったのに……この目も眩み脳天を突き上げるような、暴風雨のような、凶暴なうねりはなんなの?

麻衣は、放尿プレイという変態行為を生まれて初めてやらされたのに、背中に電気が走り、どんどん昂《たか》まりに追い上げられていった。躰ががくがくと激しく痙攣し、それは永遠に止まらないような気さえした。

全裸でいじられ放尿させられる、言いようのない汚辱にまみれた仕打ち。それも、こんな大勢の目の前で、しかもずっと馬鹿にしていた、茶髪の中井君に指を使われて……でも私は、それに反応して、どうしようもない快感にのたうちまわっている……。

頭の中が真っ白になり、麻衣はOL軍団の嘲りと男性たちの驚き、そして夢中になってバストを揉みしだき、自分の秘処に指を抜き挿ししている中井の憑かれたような目の前で、とうとう絶頂に達してしまった。

「ねえ……新島さん。あなた、本当に大丈夫？」

カラオケスタジオを出た亜希子は、麻衣に声をかけた。

王様ゲームの罰で行われた聖水プレイで、誰もが予想もしていなかったほど麻衣は燃え、悶《もだ》え、濡れ、よがり、そして絶頂に達してしまった。

その姿が妙に神聖で神々しい感じさえしたためか、その後の酒宴はいっこうに盛り上がらず、二次会の声もかからないままに解散になってしまったのだ。

みんなは床に倒れ伏して失神状態の麻衣を介抱しようともせず、敬遠してそそくさと帰ってしまった。彼女を責めた中井にいたっては、逃げるようにしてパーティルームから姿を消す始末だ。

「ごめんね……今夜は私があなたを庇おうと思っていたのに……」

麻衣の肩を抱いてタクシーを拾いに表通りまでやってきて、亜希子は許しを乞うた。

「先輩として不甲斐《ふがい》ないと思うわ。本当にごめんなさい……」

麻衣は、血の気が引いたような顔をしていたが、頭を下げる亜希子を見て、にっこりと笑おうとした。しかしその表情はまだ強ばっている。

「ね。ウチに来ない？　ウチのお風呂、広くて気持ちいいわよ。美味しいワインとかもあるし……ね。来て。お願い」

このまま彼女を帰してしまうのは心配だった。今夜限りで、ビーナス・スタッフを辞めてしまうのではないかと思った。せっかく大きな仕事のチャンスが回ってきて、真の実力を示せる時が来たというのに……。亜希子にしても麻衣にしてももったいないではないか……こんなくだらない余興のせいでぶち壊しになるのは……。

「……大丈夫です。先輩も気を使わないでください。今夜は帰りますから」

やっぱり辞めるつもりなんだわ！　亜希子はどうしたらいいかわからなくなった。

「ワインだけじゃないの……そうそう、九州の親戚から送ってきた、とっても美味しい博多ラーメンのセットもあるわ」

「博多……ラーメンですか？」

麻衣の表情が変わったようだった。俯《うつむ》いていた顔をきっと上げた。

「……お腹、すきました。そういえば、朝から何も食べてない。先輩。お言葉に甘えてお邪魔します。御馳走《ごちそう》になっていいですか？」

亜希子は胸をなで下ろすと同時に呆れた。こんな一日のあとで物が食べられるなんて、この子は想定外にタフだわ……。

「大丈夫ですよ、このくらい。私、学生時代、上下関係の厳しい運動部にいたので、コンパの余興には慣れてますから……ま、一種の通過儀礼みたいなもんだと思って……ところで、ラーメンにゆで卵入れません？　コンビニ寄っていきましょう」


亜希子のマンションは2LDKのすっきりした部屋だった。男の匂いも影もない、まったくの女一人暮らしの雰囲気だ。先輩の表の顔はできるキャリアウーマン、しかしその秘められた素顔はストレス解消のためセックスを享楽するエンジョイ派なのでは、と麻衣は思っていたので、男っけのまったくないことが意外ではあった。

「どうぞ、リラックスしてね。あ、先にお風呂入る？　その間にお食事の用意をしておくわ。ジェットバスで気持ちいいわよ。その……」

亜希子は言いにくそうに言葉を切った。

「今日はいろいろあったから……明日はお休みだし。できれば……泊まっていけば？」

マンションのバスルームは、確かに広かった。浴槽も広々としていて気持ちよかった。麻衣の部屋のユニットバスの浴槽は手足の長い彼女には狭すぎて、いつもまるで屈葬《くっそう》されるような格好で縮こまっていたから、よけいにそう思った。

……このお風呂なら、誰かと二人で入っても狭くないだろうなあ、先輩はここに誰かを連れ込んだことがあるのかしら？　ここであの中井君とやってたみたいに、激しいセックスをしたりするのかしら……。

ついついそんなことを考えてしまった麻衣は、思わず赤面した。会社で目撃した亜希子先輩と中井君との激しいセックスの光景が甦ってきた。麻衣は、ダメダメと頭を振った。

プライベートで何をしていようと先輩は先輩だ。そんなセックスがらみのことを持ち込むのは、会社のセクハラ親父と一緒じゃないの。

麻衣がバスルームから出ると、白いパジャマの上下と、新品の下着が用意されていた。

髪をタオルドライしながらキッチンに行ってみると、テーブルの上に夜食が湯気を立てていて、亜希子も部屋着に着替えていた。一見スリップドレスのように見える白いコットンの、プレーンな服だ。ノーブラで乳首がつんと盛り上がっているのがわかる。

「会社だとスーツでしょう。だからお部屋では思いっきりリラックスしたいの」

こうして見ると、会社ではきりりと引き締まってスキのない亜希子も、まだ二十六歳の若い女性だ。簡素な白いドレスが清潔な色気を醸《かも》し出して、肩に乱れかかる黒髪が、麻衣から見ても匂いたつほどにセクシーだった。

亜希子は白ワインをグラスに満たし、麻衣にも勧めた。

「……美味しい」

上品で控え目な味だった。味を知らずに値段だけで買ってきて、高級さを押しつけるようなヘヴィーなボディをありがたがって飲むような、そんな手合いと亜希子先輩は違うのだ。

「これ、そんなに高いワインじゃないのよ。最近は輸入物も安くなったから……よく探せば、無名でも美味しいものはたくさんあるわ」

カラオケスタジオで飲んだカクテルが最低だったこともあって、酒の味がわからない麻衣にも、このワインの美味しさは理解できた。

自分の目の前に、普段着の素顔を見せて座っている亜希子を見ながら、麻衣はちょっと胸がどきどきした。この前オナニーした時に、思いがけず亜希子を相手に想像上の〝プレイ〟をしてしまったのを思い出したからだ。自分にはレズっ気はないと思っていたのに、そんな感情が潜んでいたことを初めて知ったのだ。

しかし、いくら麻衣でも、そのことをストレートには言えない。

「どうかした？　私の顔になにかついてる？」

くつろいで飲んでいるからか、目のあたりをほんのり染めた亜希子が聞いた。

麻衣は、はっとした。知らないうちに先輩の姿に見惚《みと》れていたらしい。

「あの……それで、今日のことなんだけれど……気にしないで、と言っても無理かもしれないけれど……」

もうこれ以上避けて通れない、という感じで、亜希子が口を切った。いかにも話しにくそうだ。

千晶たちの言ってたことが本当なら、先輩もあんな目にあったことがあるのだろうか……。

女子トイレでの屈辱、そしてカラオケボックスでの仕打ち……さんざんだった今日一日の記憶が、麻衣の躰にどっと甦ってきた。

ぽたり、と手に冷たいものが落ちて、麻衣は驚いた。気がつくと彼女は瞳を見開いたまま表情ひとつ変えずに、大粒の涙を零《こぼ》していたのだった。

「どうしたの……あのね、新島さん、泣かないで。お願いだから……いいえ、泣いてもいいわ、そうね。気が済むまで泣いていいのよ……」

まさか自分が人前で泣くなんて思いもしなかった麻衣も驚いたが、亜希子はそれ以上におろおろしている。先輩は私のことを気にかけてくれているんだわ。

なんとなく、甘えてみたくなった。でも、突然抱きついたら先輩は驚くだろう。それなら……。

麻衣は、顔を俯けて、わざとしゃくりあげ、本格的な泣き真似を始めた。

予想通り亜希子は、ためらいつつも立ち上がって麻衣に近づき、肩にそっと手を回してきた。そこを逃がさず麻衣はすがりついて、しくしくと泣きながら亜希子の胸に顔を埋めてしまった。涙がいくらでも自然に出てきたのには我ながら驚いた。女はみんな名優だというのは本当だと思った。

「先輩……」

絶句したのが痛々しい。

亜希子は何も言えずに、麻衣を抱きしめた。庇ってやれなかった後悔の念が重くのしかかってきた。

「新島さん……」

「先輩、何も言わないでください……」

麻衣は泣く真似をしながら、亜希子の胸の突起にスリスリしてみた。部屋は暖かいのに、亜希子の乳首はなぜか硬くなっていて、麻衣の頬を押し返した。

あまりスリスリされるので、亜希子も妙に感じてしまったらしい。ちょっと腰を引くようにして、麻衣の肩を抱き、立ち上がらせようとした。

「さ、もう泣かないで……」

麻衣は、顔を上げるやいなや、虚を突く形で亜希子の唇を奪った。

「うむむむ……」

最初は驚いていた亜希子だったが、次第に唇を開けて、麻衣の舌を受け入れた。舌同士が絡み合うディープキスをして、突然、麻衣のボルテージが上昇した。

さっき、カラオケスタジオで気を遣《や》ってしまったが、あの時はとても暴力的な力が働いて、心ならずも絶頂に押しやられてしまった。

でも、今は違う。亜希子の温かくて柔らかな胸や唇の感触、彼女のつけているコロンのほのかな香り、ワインの風味が混じった彼女の舌の甘い味、そして先輩としての彼女を慕う気持ち……それらすべてが渾然《こんぜん》一体となって、麻衣の官能をやるせなく盛り上げていくのだ。ゆっくりと躰の芯が熱くなっていく感じは、痺れていく、と言ってもいい。

セックスの経験はある麻衣だが、こんな陶酔にも似た、甘く切ない官能を味わうのは生まれて初めてだ。

うっとりとした顔になって、麻衣は亜希子から唇を離した。

さきほどの涙は跡形もなく、天にも昇る心地、といわんばかりに輝いている麻衣の顔を見て、亜希子はあれ？　といういぶかしげな表情になった。

「先輩……私、あんなの、大して応えてないんです。硬派の大学の運動部って、けっこうハードなんですよ。それも武術系だったし。ＳＭやスカトロみたいなシゴキこそなかったですけど、まあそれに近いことは……」

そう言いながらも、麻衣は亜希子の甘い唇をもっと味わいたくて、ふたたび彼女の唇を吸った。

麻衣は、亜希子の躰に体重をかけて、ゆっくりとフロアに押し倒した。長くて白いドレスがたくし上がって、純な白のパンティが見えた。

麻衣の手は、細いストラップで吊られた亜希子の白いドレスの胸元に滑り込んで、量感のあるぷっくり膨らんだ乳房に触れた。

「先輩……好きなんです……」

麻衣の手は、亜希子の乳房をゆっくりと優しく揉んでいた。親指で硬い乳首をころころと転がしながら、上下左右に揺さぶるように揉み上げていった。

「新島さん……あなた」

「レズなの?」と言おうとしたがやめた。それはあまりにもデリカシーのない、雰囲気にそぐわない言葉のように思えたからだ。

亜希子自身、レズ・プレイに抵抗はなくなっていた。男とのセックスのほうが躰の奥底から湧きあがるエクスタシーを感じることができるけれど、女同士の優しい行為でしか味わえない快感もある。彼女は、ビーナス・スタッフの派遣社員として、女子社員の欲求不満の解消にも活躍してきたのだ。だから、亜希子を慕ったり愛情を感じている女性社員も多い。しかし向こうから求められない限り、自分から女性を誘うことはなかったし、相手に恋愛感情を抱いたことはなかった。

けれども今、抱きついてくる麻衣になんとも言えぬいとおしさを感じた亜希子は、ごく自然に麻衣のパジャマをたくし上げ、すべらかで真っ白な彼女のうなじにも舌を滑らせていた。麻衣はびくっと躰を震わせた。

亜希子は思わず彼女の背中をさあっと撫でた。若い麻衣の肌はすべすべして、まるで吸いついてくるような感触があった。

「ああ……気持ちいい……」

亜希子の手は背中からさらに下に降りて、麻衣のパンティの中に忍び込み、彼女のヒップに達した。ここも二つの丘も、弾力があり滑らかな素晴らしい感触だ。

円を描くように手を滑らせると、麻衣は腰をくねらせた。

亜希子の指は、さらにヒップの割れ目を下に辿ってゆき、きゅっと窄んだアヌスに触れた。

「あっ……そこはダメです……」

麻衣は思春期の少女のようなはにかんだ笑みを浮かべた。

亜希子は、麻衣のパジャマのボタンを外し、小ぶりの引き締まった乳房をまろび出させると、自分の成熟した乳房をそれに擦りつけるようにした。硬い亜希子の乳首が刺激して、麻衣のピンクの乳首もみるみる硬くなっていった。

二人は激しく胸をこすり合わせていた。しっかり腕と腕を絡めた二人の唇から喘ぎ声が洩れている。

麻衣は、なんとも言えない法悦を覚えていた。そして、躰の奥深くから熱いものがじわじわと溢《あふ》れてくるのがわかった。

亜希子の指がパジャマの前のほうから忍び込んできた。パンティの中に差し込まれた指が、麻衣の秘唇をまさぐっている。濡れているのを知られるのが恥ずかしかった。

嬉しさと官能があいまって、麻衣の性感はどうしようもなく高まってきた。

彼女は本能的に脚を亜希子に絡めた。パンティ越しに、恥丘を擦り合わせるようにした。

麻衣のパンティはしとどに濡れていた。亜希子はパジャマごとゆっくりとそれを降ろすと、自分のものも脱いで、柔らかな茂み同士を絡み合わせた。

「ああ……なんだか、とってもいい気持ちです、先輩……」

性器が触れ合うわけではなく、秘毛が擦れ合っているだけなのに、この強く立ちのぼってくる官能はどういうことだろう。

麻衣はふいに気が遠くなる感じがした。軽いエクスタシーに達したのだ。

レズって、メンタルなものなのね。

麻衣はそう思って感動を深めたが、こうなったらもっと強く亜希子先輩を愛したいと願った。

半裸のまま、麻衣は躰を下にずらして亜希子の秘部に口をつけようとした。

「あら、ダメよ……まだお風呂に入ってないし、汗をかいてて……その……汚れてるわ」

「いいんです。先輩のものなら、おしっこでもなんでも舐め清めてあげます」と言いたかったが、それでは変態と思われるかもしれない。

「じゃあ、お風呂に行きましょう。お背中、お流しします」

麻衣はパジャマの上衣をさっさと脱ぎ捨て、思いきりよく全裸になると、先に立ってふたたびバスルームに向かった。こういう状況は初めての亜希子は当惑しながらもついてくる。

麻衣が湯加減を見て、浴槽にお湯を足しシャワーの温度を調節していると、長い髪をアップにまとめた亜希子がおずおずと入ってきた。

「じゃ先輩、座ってください」

麻衣がすかさず、これも温めておいた腰掛けを差し出す。

亜希子の後ろに回った麻衣は、甘い香りのシャワージェルをたっぷり手に取って、優しく亜希子の背中全体をマッサージしはじめた。浴室は、麻衣が浴槽に投げ込んだバスソルトのムスクの香りと、シャワーの湯気で、むせかえるようだ。

「いいのよ、新島さん、自分で洗えるから……」

気を遣う亜希子にかまわず、麻衣の手は亜希子の腋の下から前に回り、たわわな乳房をしっかりと握りしめた。同時に背中からぴったりと抱きついて、自分の引き締まった乳房を亜希子の背中に押しつけるようにした。

「あっ、あっ、ダメよ、新島さん……そんな……」

麻衣が親指と人指し指と中指の三本を使って、それも両手で、亜希子の乳首をそっと挟むと、亜希子は、まるで電流が走ったように背筋をぴくっと反り返らせた。

……先輩は、とても感度がいいんだわ。だから誰に何をされても乱れてしまうのね。相手があの、バカな中井君でも……。覗き見たセックスを思い出して、嫉妬のような気持ちにかられた麻衣は、思わず亜希子の胸を遠慮なく揉みしだいてしまった。乳首は硬く尖《とが》りきっているが、全体の柔らかで量感のある感触がたまらなく心地いい。亜希子は麻衣に後ろから抱きしめられ、胸を激しく揉まれて、躰をくねらせている。

「いや……やめて……やっぱり、恥ずかしいわ」

先輩と後輩の立場は完全に逆転していた。女性の、それも部下から迫られたことのない亜希子は予想外のことにうろたえている。

こういうことになってしまったけれど……これはプライベートなのかしら？　それとも仕事の一環と考えるべきなのかしら？　麻衣はクライアントではないし、部下にこんなことをさせていいものなのかしら……想像もしなかった快感に蕩《とろ》けそうになりながら、それでも真面目な亜希子は、ビーナス・スタッフの就業マニュアルを必死に思い出そうとしていた。

私は上司だし、こういう関係は立場を利用したセクハラとみなされる可能性も……そう思った時に、麻衣がうなじに激しくキスをしてきた。同時に、右の乳房を嬲っていた麻衣の手が、引き締まった鳩尾を滑り降りた。亜希子は思わず両膝を閉じてしまったが、麻衣の指は強引に亜希子の股間に滑り込んで、シャワージェルに濡れたヘアを掻き乱した。

「あっ、そこはダメよ……まだ洗ってないから……」

「私が洗ってあげます」

麻衣も興奮していた。亜希子先輩の、たわわなバストや張り詰めたヒップの量感と手ざわりが、なんともいえずそそるのだ。自分がスレンダーで男の子のような体型だから、よけいにそう思うのかもしれない。こういうものに触りたがる、オヤジの気持ちがよくわかる……。

白いうなじに湯気で貼りついた後れ毛もそそるし、躰をくねらせつつ細い声で、やめてと言っている先輩は、まるで別人のようだった。会社でてきぱきと仕事をこなすキャリアウーマンの面影も、会議室で中井に迫っていた妖艶《ようえん》な謎の女のムードもかき消えて、今、麻衣の腕の中にいる先輩は、なんだか年下の少女のように見えた。

麻衣は自分でも思いがけない嗜虐的《しぎやくてき》な気分に駆られて亜希子のヘアをまさぐり、敏感な肉芽をとらえていた。そこも乳首と同じように興奮し膨らみきっている。麻衣の中指がそこを撫でさすると亜希子はいっそう悶え、亜希子の背中に押しつけられている麻衣の胸の尖端も、妖しく刺激された。

亜希子のうなじに後ろから唇を押しつけ、片手で胸をすくい上げるように愛撫しながら、麻衣は右手を亜希子の恥裂のさらに下のほうに滑らせた。そこはお湯でもシャワージェルでもない、熱いぬめりが溢れていた。驚くほどの量だ。

先輩も感じているんだわ……麻衣も同じく自分のその部分が、じゅん、と疼くのを感じながら、さらに指を進めて亜希子の内部に分け入ろうとした。

「……ねえ、新島さん、ちょっと待って。やっぱり、こういうことは……」

「格好つけてもお前のココはぐしょぐしょなんだよ」というフレーズがつい頭に

浮かび、男がこういうことを言いたくなる時の気持ちもわかったような気がしたが、麻衣はやめなかった。……ここで引いてはいけない、先輩とこんなふうになれる機会が、いつまた巡ってくるかどうかわからない、チャンスはしっかり摑まなくては。

麻衣は先輩の秘めやかな、熱く濡れた部分に、思い切って指を沈めながら言った。

「……こういうことって……先輩は、中井君ともやってたじゃないですか？」

見られてしまったのね、と亜希子は思ったが、派遣先のクライアントと、部下であるあなたとは事情が違うし、中井君とのことは『お仕事』で……などとこみ入った事情を、この状況で到底説明できるものではなかった。

ぐったり力を抜いた亜希子に、麻衣は勇気を得てさらに言った。

「あの、先輩。これじゃ洗いにくいので……ほら、ここ、こんなにぬるぬるでしょ？」

麻衣の指は、すでに亜希子の秘唇を思いのまま嬲っている。

「綺麗にしてあげますから、バスタブの縁に腰掛けてみてください」

言うと同時に腋の下から手を差し込んで、麻衣は亜希子を軽々と立たせ、浴槽に座らせてしまった。スリムな躰に似合わず、思いがけないほどの筋力だ。

この子は一体、どんなスポーツをやっていたのかしら、と亜希子は思った。

麻衣は浴槽の縁に腰掛けた亜希子の前にひざまずき、亜希子の両膝を、これも有無を言わさず開かせた。部下の、それも同性の目の前に秘めやかな女の部分をご開帳する形になってしまって、亜希子は恥ずかしかった。

派遣先でいくらセクハラをされても、それは仕事の一部という意識があったし、完全に主導権を奪われることもなかった。それなのに年下で、男性経験も大してなさそうな麻衣に、なぜここまで先手を取られてしまうのだろうか……？

亜希子の当惑をよそに、麻衣はいきなり亜季の開かれた股間に顔をうずめてきた。

「あっ、先にシャワーに……！」

「大丈夫です。全部舐めてあげます」

麻衣の白い長い指が、開かれた陰裂を左右にくつろげている。

亜希子の潤った媚肉《びにく》は、襞《ひだ》の内奥まで浴室の灯りに照らし出されてしまった。

「前に見てしまったとき思ったんですけど、先輩のここって、とっても綺麗なピンクなんですね。美容液かなにか塗っているんですか？　羨ましいな……」

まるでみずみずしいフルーツみたい、と言いかけた麻衣は、これはあの中井と同じセリフだと気づいてやめた。

剝き出しになった亜希子の肉襞に、柔らかな舌尖が触れた。そのまま猫がミルクを飲むように、麻衣は女芯を、一心に舐めはじめた。

舌先が彼女の肉芽を捉え、慣れないふうではあるがちろちろと嬲った。

「あン……いや……でも、いい。いいわ。感じる……」

亜希子は思いがけない快感に、息を弾ませた。

麻衣は両手を使って秘裂をさらに左右に押し分けて、肉芽を剝き出しにすると、ちゅうと吸いながら丹念に舌を絡めた。

亜希子はそこを絶妙なタッチで責められて、躰の芯がじんと熱くなってきた。麻衣も舌を使うたびに自分の腰を揺すっている。亜希子は全身に染み入って来る悦びに躰をくねらせた。ピンク色に染まった二つの肉体は、浴室の湯気の中で、優美な曲線を絡ませつつ、一つに溶け込もうとしているかのようだ。

麻衣の指が亜希子の柔襞《やわひだ》の奥に忍び込み、Gスポットを探り当ててしまった。

「ひゃあ。ああ！　あ、ダメ。そ、そこは……麻衣ちゃん……私、どうかなってしまいそう……ああああ……」

しかし麻衣はやめなかった。亜希子を感じさせている手応えが嬉しくて、その指の動きはいっそう激しさを増していった。

今だ！　と思った瞬間、麻衣はふたたび、亜希子の膨らんだ肉芽に吸いついた。

「はうっ！　ああ、私、いや……ああん……ああもう……」

亜希子の躰の奥深くから、なんともいえない甘いエクスタシーが膨れ上がってきた。全身に波紋のように悦楽が広がっていく。脚のほうから波のようなうねりが伝わってきて、それはだんだんと大きさを増して、彼女の躰を呑み込んでいく。

「あああああっっ……もうだめぇっ、やめて、あああ、私、イッちゃううっ」

亜希子は股間に埋まった麻衣の髪に指を絡め、何度も激しく上体をのけ反らせた。すんなりした両脚を床に突っ張って、爪先までをたわませている。

麻衣は自分の口の中で、亜希子の秘めやかな部分がまるで生き物のように、ひくひくと激しく震えることに驚いていた。ほとんど舐め取ってしまった愛液が、またどっと熱く湧き出してくるのもわかる。媚肉の蠢きに合わせて、麻衣も強くまた弱く、吸う力を変えてみた。

そのせいか亜希子の絶頂は、一度は収まったもののまたぶり返し、激しく鞭打《むち》たれるかのように、彼女は長い間、全身をびくびくと痙攣させていた。

「……イッちゃった……それも、こんなに……恥ずかしいわ」

やがて顔を上げた亜希子は、上気した頬になんともいえない、恥じらいの表情を浮かべていた。

オーガズムの後の女は美しいというけれど、本当だわ、と麻衣は思った。いや、亜希子先輩だから特にそうなのかもしれない。潤んだ瞳に官能の炎が揺らめいている。

美しい二つの女体が絡み合い、湯気にかすむ情景は、ほとんど幻想的なまでに美しかった。

「新島さん……いえ、麻衣ちゃん」

「嬉しい！　名前で呼んでくれるんですね」

麻衣は、顔を輝かせている。

「……いいのかしら……あなたを引き止めるために、こういうことになったと思われるのはイヤだから、先に話しておけばよかったのだけれど……」

私たちのお仕事はね、と言いかける亜希子を麻衣は遮った。

「どうしてそんなこと言うんですか、先輩？　私はどこまでも先輩についていくのに。大丈夫ですよ、私、これでも根性はあるんですから」

麻衣は、亜希子の顔をまっすぐ見上げながら言った。

「先輩にできて、私にできないってことはないと思います。どんな仕事でも。……あっ、生意気でしたか？　とにかく辞めようなんて思ってないので、その話は終わりってことで」

辞める気はない、と言われてホッとしたような、逆に心配なような不安な気持ちになったが、亜希子としてもビーナス・スタッフの業務を改めて麻衣に説明するのは、気恥ずかしかった。仕事が「本来の業務」に限られているわけでもない。

少なくとも新規事業開発プロジェクトでは、二人とも戦力としての働きを期待されている。麻衣に本当のことを言うのは、なんらかの結果が出てからでもいいような気もしてきた。

……けっしてイヤなことを先延ばししているのではないわ、と自分に言い聞かせながら、亜希子は聞いてみた。

「麻衣ちゃん……あなた、どうしてビーナス・スタッフに入ったの？」

亜希子の指は、ごく自然に優しく麻衣の髪を撫でている。

「三国産業に派遣されると聞いたからです……なぎなた部があるでしょう？」

「え？　ナギナタ？」

はい、と言う麻衣の顔は真面目だ。

「私、高校からずっとなぎなたやってて、インカレでも、かなりのところまで行ったんです。でも、実業団チームを持ってる会社ってあんまりなくて……。陸上とか体操はあるんですけど、なぎなたは、なかなか。ですから正規採用、狙ってます」

なるほど。

亜希子はため息をついた。麻衣の夢を打ち砕くわけにはいかない。いや。今取り組んでいる仕事が成功すれば、この子の夢も実現できるかもしれない。そのためには……。

麻衣との間に生まれつつある絆《きずな》を、しっかりと持っていようと決心した。

「じゃあ、あなたの背中も流してあげるわ。一緒に湯ぶねにつかりましょう。そして、今度は、ベッドで……私があなたを気持ちよくさせてあげる」

麻衣は嬉しそうにコクリと頷いた。

第三章　馬乗りセクハラ部長

期せずしてお互い愛し合う関係に陥り、チームとしての結束を固めることになった亜希子と麻衣は、翌日から権堂商事の島部長攻略に全力を挙げた。

営業、および新規事業開発は本来、人材派遣ビーナス・スタッフの業務ではない。しかし亜希子もこの会社に派遣されてすでに三年、「セックス以外のお仕事」でも人並み以上に有能であることが自分でもわかりつつあった。麻衣は、といえば体育会系であり、とにかく「そこに山があるから登る」タイプだ。

なによりも権堂商事を通じて販路を開拓しようとしている新製品に、亜希子は愛着があった。

彼女たちが売り込みに努めている新製品は「ペット・ピンク」といって、三国産業が三年前から手がけてきたものだ。開発を担当した塚原《つかはら》技術課長によれば、それは「とにかく多人なインパクトを持つもので、この売り込みに成功すれば三国産業が一気に立ち直るのみならず、一般庶民の日常生活に夢を与えひいては日本経済の活性化にも結びつく、きわめてエポックメイキングな製品」ということだった。

「このペット・ピンクは、キャットフードに混ぜて与えると猫の毛の色を、一挙にピンクにしてしまうんですね」

塚原は目を輝かせて説明した。

「しかも猫の健康にもいい。けっして絵の具とか有害なものを食べさせるわけではありません。最近のペットブームにぴったりの画期的新商品です」

「だけど、猫の色がピンクになるくらいで、どうなるってものでもないだろうが……」

売り込み作戦の連戦連敗で、営業部長の楢崎は弱気になっている。

「ライバル社の製品はブルーになるっていうぞ」

「ブルーよりピンクのほうが断然いいじゃないですか。青色は人を憂鬱にさせます。ブルーよりピンクのほうが絶対にバラ色のペットライフを送れるに決まっている。そうでしょう?」

この世の中、何がヒット商品になるかわからない。もし当たれば自社ビルの一つも持てて、マスコミも注目する優良企業になれるのだ。かつてルーズソックスで大化けした靴下メーカーがあったではないか、と大川常務も号令をかけた。

「とにかく、この製品を売り込め！　開発費に多額の金を掛けてるんだ！　先方の権堂商事はこの手の『色物商品』を流通させるのに長《た》けた会社なんだから。前進あるのみ！」

サンプルを発注されたことは大いなる突破口になる。この際、権堂商事の島部長を口説き落とすために、社運をかけて盛大な接待作戦を敢行《かんこう》することになった。

「こちらで先方の希望に合わせて場所をセッティングした。今夜、この店で島部長を接待する。君らは粗相のないように責任を持ってやってくれよ」

亜希子と麻衣は、楢崎から店の地図を手渡された。

営業部長と常務の二人は、なぜか強ばった表情で二人を見ていた。

きっと、今夜の接待で勝負が決まるのね。会社の運命を託されたのだ、と、特に麻衣は緊張した。

その夜。納入条件についての入念な打ち合わせを済ませた亜希子と麻衣は、指定された店に出向いた。そこは三田村と中井が手配したと聞いている。

「島部長って外国帰りらしいですから、もしかしてフランス料理の高級レストランか何かかもしれませんね」

食い気を刺激されたのか、麻衣はにこにこしている。

「さあ……あの人は、食い気より色気だと思うわ。女の人のいるお店かもしれないし、もしかして凄いショーを見せられるかもしれないけれど、何があっても驚かないでね」

亜希子は麻衣を気づかう様子だ。しかし大抵のことには慣れている亜希子も、その店がまさかピンクサロンだとは夢にも思わなかった。

二人が地図に従ってかなり場末の繁華街の、そのまた外れにまで辿りついたとき、目の前にあったのは『社長秘書室・桃色OL倶楽部』のケバケバしい看板だった。五千円ポッキリ、などと書かれている。

地図に書かれた番地をいくら確認してみても、この店以外ではあり得ない。

客を送って出てきたらしい女が、きつい目で二人を睨みつけてまた店内に戻っていった。女が着ていたのは、ちょっと見OLのビジネス・スーツのように見える制服だが、深く切れ込んだジャケットの胸元からは素肌が覗き、どうやら下にはブラジャーさえつけていないようだ。下もノーパンだとすればヘアまで見えそうな、ぴちぴちの超ミニだ。

なぜか足元だけはフーゾク定番の白いヒールサンダルで、ＯＬ服に全然合ってないが、もちろんノーストッキングのナマ足。ほんとうにパンティは穿《は》いていないのかもしれなかった。

びっくりしている麻衣に、呼び込みの若者が声をかけた。

「おネエさんたち面接に来たの？　だったらここでＯＬやったほうが実入りがいいよ……あっ三国産業のヒトか。早番のコが全部上がったら店閉めて、八時から貸切りにするから、中で待っててくれる？」

言われるまま二人が店内に入ると、そこはまごうことなきピンサロ。この空間に満ちている淫靡な空気は、染みついた酒とタバコと精液の匂いのせいだろうか。

店内はあくまでうす暗く、天井に回るミラーボールが場末の射精産業のムードを盛り上げて、ひたすらにうら悲しい。奥の更衣室らしい所で着替えている数人の声がするだけで、客待ちのソファにも、接客用の一段と暗いボックス席にも人の気配はない。

亜希子は社内接待で何度かこの種の店に入ったことがあったが、麻衣は初めてらしく、きょろきょろあたりを見ている。

「やーやー。いろんな条件を勘案すると、この店しか取れなくてね」

店の奥から先乗りしていた三田村と中井が出てきた。

「条件厳しいっすから。せめて五反田か池袋にしようと頑張ったんすけど」

中井も悪びれない調子で頭をかいた。

「北千住っつうのは、ちょっとイッちゃってるかもしれないっすね」

「中井君、いったい何考えてるのよ！　話にならないじゃない。今夜は最終的な商談なんでしょう？　これじゃ暗すぎて書類読めないいし、メモを取るにもテーブルは低すぎるし、だいいち背の高い椅子がみんな一方向に向いてるのって、すごく変じゃない？」

「新島君、人に手配させといて後から文句を言うな！　今夜の段取りだって本当は君らの仕事なんだが、どうせ君には先方の好みがわからんだろう。新人のクセにきいたふうな口を利くんじゃない！」

怒る三田村課長を、中井はなだめた。

「まあまあ。女性にそんなこと言っても無理っすよ。それに……新島さんはまだフツーのＯＬなんだし……」

中井は麻衣にも言った。

「わかんないかもしれないけど、こうゆうのが島部長の好みなんすよ。……なんつうか、あのヒトは業界でも有名らしくて……」

「中井君、よけいなことは言わんでいい。それより急いで席を作れ」

主賓《しゆひん》の島を入れて五人座れるように全員で席の並びを変えていると、予定より早く島が到着した。

三田村の指図で中井が有線のスイッチを入れ、音楽が流れはじめた。マイナーを絵に描いたようなムードミュージックだ。泣きたくなるほど安物なその雰囲気で、店内の淫靡さがまた一段とパワーアップしたようだった。

「どうもどうも、三田村さん。わざわざ申し訳ないですねえ。お気遣いいただいて。いやしかしなかなかいい店ですなあ」

外国帰りのハイセンスで演歌マインドは嫌いなはずの島は、破顔一笑、このうえない上機嫌で勧められるままに席についた。

「は。気に入っていただけて光栄です。島さん。今夜はこの店を貸し切りにしましたので」

三田村は揉み手でもしそうな雰囲気だ。

「そうですか。僕はね、こういう店の……なんというか、アジア的な雰囲気が好きなんだ。世界を股にかけてビジネスしてる僕が、ひととき求めたくなる心の安らぎ、それが、こういう店にはある。真の国際人なら根無し草であってはいかん。ジャパニーズはとかく欧米をありがたがって自らのルーツをバカにするが、ありゃいかんね。だから日本人はダメなんだ……」

　なによこの色魔倒錯、じゃなくて島冬作、要するにあんたは風俗遊びを正当化したいだけでしょうが、と麻衣は内心シラけているが、島はなおもウンチクを傾けた。

「まあ、僕は国際人だから、少しは世界というものを見てきているが。たとえば、南米や地中海のラテン的情熱的女性。黒い髪黒い瞳、弾けるようなダイナマイト・ボディ。北欧の女もいい。輝くばかりの金髪にバーグマンのようなきりりとした美貌。もちろん弾けるようなダイナマイト・ボディ。合衆国もいい。人種の見本市だからね。白黒黄色、よりどりみどり。おまけに全員、弾けるようなダイナマイト・ボディ。しかしまあ、やっぱり女はアジアだね。こまやかな心遣いが違う……」

　知らなかったなあ、国際化ってのはいろいろな女とやりまくることだったの？以前の麻衣ならとうにツッコミを入れているところだ。しかし既に社会人である以上、黙って拝聴するしかない。

「それと、なんというか、グラマーな女。どかん、と出るところが出てる躰はどうも馴染めないんだが、その点アジアの女はいい。同胞意識というか、真の安らぎを感じさせるんだね。……まあこういうことは、真の国際人である僕だからこそ言えることなんだが」

お前らにはわからんだろうと言わんばかりに島は話し続ける。

「とりわけやっぱり日本人だよ、日本人が最高。向上心とあくなき研究心と競争心、これぞ大和民族の美点だね。フェラチオ一つ取ってみてもテクニックの研鑽《けんさん》、新技術の開発に余念がないじゃないか。ビジネスマンたるもの、一度は体験して参考にすべきではないだろうか」

ほかの三人は神妙に聞いているが、あまりのアホらしさに麻衣はうんざりしてきた。

「しかしね、ビジネスが前面に出すぎてもいけない。しょせんは金のため、と思うと男としてはシラけるわね。やっぱりサムシングエルスというか、何かが必要だね。しいて言えば、愛、かな。すべてのビジネスは愛、なんだよ……」

島は今にもヨダレを垂らしそうな顔で言うと、女二人に目を向けた。

「損得抜きで奉仕してもらいたいものじゃないの。だから、僕の理想は、淫乱な素人。これだね。真面目そうな顔をしていても一皮剝けば、もう欲情しきったカラダが破裂しそうな……そういうのが最高だねえ」

一体この男のどこが「国際人」や「ビジネスマン」だというのだろう？

そんな麻衣の気持ちが顔に出たのだろう、島の目が彼女に向いた。

瞳の奥に炎が燃え立つのがわかった。君こそそういうタイプなんじゃないのかね、という顔だ。

「ねえ君、どう思う？　そこの新人ＯＬの可愛い子ちゃん。ビジネスは愛……」

「ちょっと……わかんないです。すべてのお仕事は売春、という言葉なら聞いたことあるんですけど……」

この男相手に「愛」を実践するのは無理だ。

「でもビジネスって、要するに売り買いですから、どっちかって言えば『売春』に近いかも」

麻衣に反論されると思わなかった島は、みるみる不機嫌になった。

「ままま。ああ、いかんねえ。新島君。……ほら、飲み物が出てないぞ。今夜はこの店貸切りで、ホステスさんもウェイターもいないんだから、ビールとかおつまみとか運んできて」

あわてた三田村に急かされて、麻衣はこれ幸いと席を立った。

島は、麻衣のごく控え目なミニから伸びる健康的な太腿に視線を走らせ、憑かれたような笑みを浮かべたが、次に席に残された亜希子に話しかけた。

「こういう店は本来、凄いサービスがウリなんだよ。しかしあれだね。久野さん……だったかな。あなたのような理知的でしかも美人な営業ウーマンと、ザーメンの香り溢れる……いや失礼、こういう場所に同席してるってのも変な気分だねえ」

ははは、と笑いながら島の手が亜希子の太腿にタッチした。

三田村と中井は愛想笑いを顔にこびりつかせているだけだ。

ははあ。そういうことか。

亜希子はことの成り行きをやっと察知した。経費削減のおり、濃厚サービスする女を社内調達したってことね……。しかし、ビーナス・スタッフのクライアントは三国産業であって権堂商事ではない。島相手に「肉糞営業」をするいわれはないのだ。

しかし亜希子は麻衣よりも、もうちょっと大人だったので、「ビジネスは愛」だということもわかっている。たとえば三国産業の女子社員たちにしても、コネ入社の浅倉千晶を除く全員が始業四十分前には出社して、床を掃《は》いたり机を拭《ふ》いたり灰皿を洗ったりしている。当然時間外手当はついていない。それになによりも亜希子自身、「ペット・ピンク」という製品を売りたかった。

よし。腰を据えてやるわ。結果が出れば手段は何でもいい。それに普段している仕事と違いがあるわけでもない。でも……でも、麻衣だけは巻き込まないようにしなくては。

亜希子は覚悟を決めた。

「あ、お酒が入る前にお話を済ませてしまいましょう。で、製品なんですが、これで正式契約ということでよろしいのでしょうか」

「ああ、けっこうですよ」

島は亜希子の肩に右手を回し、しっかりホールドする形にした上で、左手をスカートの中に侵入させてきた。ぴちりと閉じる太腿の間に強引に割り込もうと、ぐいぐいと手を前進させてくる。

「で、数量ですが……第一ロットで一万個ということで」

「いちまんこ、いいねえ。でも今夜は、にまんこ、かなぁ？」

酒も入らないのに島はでへへ～と笑った。その手はついに亜希子の股間に到達し、薄いパンストとパンティ越しに、翳りにおおわれた秘裂を、指先でこりこりと擦りはじめた。

「む。パンストが邪魔だな。リラックスして取ってしまいなさい」

亜希子は対面して座っている三田村と中井に、視線を走らせたが、案の定、彼らは目を逸《そ》らせた。いつも社内でやってるんだからべつにいいじゃないか、という表情だ。

亜希子は唇を噛み、仕方なく腰を持ち上げパンティストッキングを下ろした。上品なパンプスを爪先から抜き、手早くストッキングをするすると脚から抜き取る。

亜希子がふたたび腰を下ろすと、島の右手が脇から彼女の乳房をむんずと摑みあげた。もう片方の手ではパンティ一枚になってしまった彼女の股間を、触り放題に触っている。

島の指が、パンティの股布の横から潜り込んできた。

「あっ、その……それで、納期は今月二十日、決済は月末締めの翌々月払い、ということでよろしいですね。うっ……」

島は亜希子をぐいと抱き寄せるとその首筋に舌を這わせはじめた。

「ある時払いの催促なしってのじゃ、ダメ?」

典型的出入り業者イジメ。しかし買う側の立場は強い。

三田村は、目で、「ほれ、自分からさっさと脱いで……」と言っている。が、亜希子が自分から脱ぐまでもなく、島の手は彼女のブラウスのボタンを一つひとつ外しにかかっていた。

「やっぱりねえ、最初からハダカ同然の猥褻なドレス一枚で下はすっぽんぽん、てのより、こうやってガードが堅くて関所がたくさんあるほうが、男の本能を刺激するよねえ」

できれば早く済ませて欲しい、麻衣が戻ってくる前に……そんな亜希子の思いをよそに、島はブラウスをはだけると頭を下げて、彼女のすべらかな腹の部分に口づけを始めた。

「うーん。いいねえ。じっくり、好きに触れるってのは。こういう店だと、急かされておち×ちん咥えられちゃうからねえ」

次いで彼の指は亜希子のスカートのホックを外した。ウエストからスカートがずり下がり、白いパンティが露わになってしまった。

「僕はね、こういう店でホステスにされるがままじゃなくて、こっちがリードするプレイをしてみたかったんだよね。なんというか、ぱくぱくペニスを咥えられてどぴゅっと射精して、ハイ終わりってのは味気ないじゃない。シャケの人工孵《じんこうふ》化《か》じゃあるまいし、オスから白子を搾り取るみたいで」

島は亜希子をソファに押し倒して馬乗りになった。

「……あ、あの、いくらなんでも、ここで、そこまでは……このお話の続きは場所を変えて、というわけにはいきませんでしょうか？」

麻衣にこの光景を見せたくない亜希子は哀願した。

「なにを無粋《ぶすい》なことを。ホテルでやってなにが面白い？　バリバリの営業ウーマンを、ピンサロでハダカに剝いて犯す、このシチュエーションがそそるんだろうが？」

島は亜希子の物理的抵抗がないのをいいことに、手際よくスカートを足から抜き取り、ブラも外してしまった。

うす暗い照明の中に、亜希子の白い裸身が浮かびあがって見える。この有り様はまさに、得意先のセクハラ部長が取引をエサに営業の若い女子社員を強姦する、そのまんまの光景だ。

「おお。君は着痩せするタイプなのかな？　けっこうチチがデカいね。いや、君の噂は聞いているよ。なんでもセックスが大好きで、会社の中でも相手かまわず時ところを選ばず、もうヤリまくりだそうじゃないの。いいねえそういうの。ウチの会社にも一人欲しいよ」

そう言いつつ、島は亜希子の乳房を揉みほぐし、勃起《ぼっき》した股ぐらを、もはやパンティ一枚にされてしまった彼女の下腹部に擦りつけた。

「君は何でもするんだろう？」

「はいはい、何でも致しますとも！　久野君は」

亜希子の代わりに三田村が答えた。中井は妙に黙り込んでしまった。

「ね、そうだろ？　久野君。島部長はじつに楽しいかたじゃないか。君も楽しんで。ね。君だって、嫌いなほうじゃないんだからさ。……ね。セックスの上手なヒトが好きなんだろ、君は」

会社のためだとか仕事のためと言うと島をシラけさせると計算した三田村は、亜希子をどうしようもない淫乱女のようにもっていこうとした。

「あの……久野先輩は、そういうんじゃないと思うんすけど……」

横から口を出した中井を、三田村は一喝《いっかつ》した。

「じゃあどういう女なんだよ！　君だってヤラせてもらっただろうが久野君

に？」

島はというと、いつの間にか下半身を丸出しにして屹立した陰茎を、亜希子の顔に押しつけていた。

「さあ。君のその上品な唇でこの僕の分身を愛してくれよ」

彼女の胸のあたりに座り込んだ島は、腰を持ち上げて、ペニスを亜希子の口に入れようとしている。

「………」

こうなってしまった以上、いやだと言えば亜希子の責任になってしまう。「いやなら最初から断ればいいのにこの期に及んでなんだ、大人の阿吽《あうん》の呼吸も知らんのか」と言われるに決まっている。

彼女は観念して顔を上げ、島のペニスを口に含んだ。

「む。むう。同じフェラでも、オフィスの高嶺《たかね》の花にしてもらうと、いいねえ！この、恥ずかしそうな感じがいいじゃないの！ ぱっくんどぴゅっ、のホステスとは違うねえ！」

「毒を食らわば皿までも」――亜希子は島の一物に舌を絡めた。

島の男根は、亜希子の口の中でびくんびくんと反応した．彼女が舌をカリにねっとりと絡め、亀頭の裏側を擦るたびにもぞもぞと切なげに蠢く。

いつのまにか亜希子の全身も、熱く火照ってきた。口での奉仕という行為が、彼女の被虐《ひぎゃく》の官能に火を点けたのだ。

彼女はフェラチオが嫌いではなかった。口の中で生き物のように大きく硬くなって、舌先で敏感な場所を舐めてやれば、びくびくとすぐに反応する。自分の技で男のモノがみるみる興奮していくのを感じるのは面白い。

少なくとも、お茶くみをしてありがとうとも言われないよりは、ずっといい……。

亜希子は、唇をすぼめ、一心に島のサオをしごいた。この上なく美味しい果物を食べているかのように、口中には唾が溢れた。

「む、むう！」

島は呻《うめ》いた。肉棒ははやくも暴発寸前のような蠢動《しゅんどう》を始めた。

「いかん。もったいない。ここはジックリといかないと……」

彼はずぼりと音を立てて亜希子の口から肉茎を引き抜くと、ふたたび位置を変えて彼女の胸に尻を落とした。

「今度はパイズリをしてもらうか」

いいですとも、どうぞどうぞぜひお試しください、と三田村が付和雷同《ふわらいどう》した。

島は亜希子の乳房を両脇から寄せて深い谷間を作った。そこに自分の剛棒を挟ませると、前後に腰を使いはじめた。指は盛り上がった乳房を押さえながらその先端をぐりぐりと嬲っている。

「は、ああん……」

乳首を刺激された亜希子は呻いた。理性とは別の快楽の回路が、彼女にはできている。頭の中は冷静なくせに、躰が熱く燃えてくるのだ。

「……あ、あの、それで島部長、正式契約ということは今晩、ここでサインをいただけると考えてよろしいのでしょうか……うっ」

「もちろんだとも、久野君。ただし僕を満足させるのが先だ。契約のサインは君の肉襞に、僕のザーメンで書かれると思いたまえ！」

亜希子の白い乳房は、島のモノから分泌《ぶんぴつ》される先走り液で濡れて光っている。乳首だけではなく胸の性感帯全部を、両手と男のモノで刺激されて、どうしても腰が揺らめいてしまう。

「欲しいのかな？　これを食べたいのかな？」

バストの間から、ドス黒いカリ高な先端を亜希子の顔に突きつけながら、島は聞いた。

　胸の谷間に挟まれている彼の持ち物は、さすがに遊び人らしく立派だった。その硬さといいサイズといい、反り返り具合といい、女を泣かせるための道具だ。それを見ているうちに、理性とはまったく別に、これを受け入れたい、アソコを満たしてほしい、という欲求が、耐えがたいほどに強くなってきた。

「ね……欲しいんです……くださいませんか……」

　そういう亜希子の控え目だが、欲情のこもった喘ぎを聞いた島の目がギラギラと光った。

「そうかいそうかい。じゃあ御要望にお答えして、君の淫乱なアソコに、これを食べさせてあげよう」

　彼は、いったん立ち上がって躰を離し、亜希子の両脚を高く持ち上げて肩にかつぎ、彼女の秘部を剝き出しにした。そして自分の反り返った道具を亜希子の、蜜をたたえて濡れ光る秘唇にあてがった。

「うん……男が欲しくてヨダレを垂らしてるな……」

　彼はぐいと力を込めて腰を突き上げた。その逞しい肉茎は、ずるっという感じで、たちまち亜希子の秘裂の中に吞み込まれてしまった。

「はあっ……」

亜希子からはもはや理性というものは失われて、今や肉欲が完全に支配していた。島のモノが挿入されただけで、彼女はぶるぶるっと歓びにうち震えた。

ああ……どうしようもなく感じてしまう、背中に電気が這い上がる、腰がゆらゆらと蠢いて……ひくひくと全身が反り返ってしまう……。そういえば、まともなセックスをしたのはこの前の3P以来じゃないかしら。ああ、私は淫乱なのね……。

島の肉棒は、根元までしっかりと収まってしまった。

「うむむむ。これは凄い。さすがにココを使って仕事しているだけのことはある。いや、三田村さん、これは仕事の取れる肉襞ですよ！　まさしく肉襞営業だあっ」

亜希子の中の締まりのよさに感極まったのか、島は意味不明のことを喚きながら、それでもゆるりと腰を動かした。

「ひぃっ！」

亜希子の内部は、異常なまでに敏感になっていた。接待というシチュエーションで予期せぬ凌辱《りょうじょく》をされているからか。それとも、島の一物がスグレモノだからか。

島の男根が動くたびに、びりびりと電流が生じて亜希子の背筋を駆けあがった。

「いやあ、これはなかなか……」

島の言葉が続かなくなった。感覚がペニスに集中してしまうからだ。しとどに濡れた柔襞は吸いつくように彼のモノを包み込み、締めつけてくる。

人格と性器は別物だ。人間としては不良品の島の道具は、亜希子がこれまでに知った、誰のものよりも素晴らしかった。彼女の淫襞にぴったりフィットして、こまかな肉皺《にくじわ》の一つひとつをくじりあげ、翻弄《ほんろう》していくようだ。少しでも彼が動くと、もうそれだけで、途方もなく甘美な電流がびりびりとスパークする。

「あン……」

亜希子の口からは抑えがたく甘い声が洩れてしまう。見事な反り具合を見せていた剛棒が、彼女のGスポットに命中している。茎胴が花芯全体を揺さぶると同時に、カリ高の先端がGスポットを直撃してくるのだ。

その上、なんということだろう、その巨大なモノの先端が彼女の奥深くに当たるごとに、まるで口から子宮が飛び出してしまいそうな、目も眩むような感覚が襲いかかってくるのだ。

容赦なく子宮口を突きあげられ、柔肉を掻き回された亜希子は、そのめくるめく快感に溺れた。

ああ、こんなに感じてしまうのは……とても恥ずかしい。三田村課長にも中井君にも、もう私の躰は知られてしまっているけれど、でも、こんな姿を見られるのはやっぱり恥ずかしいわ……ああダメ、それでも、感じてしまう……。

彼女の口から切なげな悲鳴が洩れた。

「そうかい。いいかい。そうだろうそうだろう。オレのもデカイが、君も名器だ。素晴らしい。こんな上物はいくら金を出しても巡り合えないかも。あ。ううう」

島は快感にうち震えながら、腰の動きを一段と大きく激しくさせていった。

亜希子の女芯も、その大きな剛直をあまさず味わいつくそうと、ぐいぐい締めつけた。意図してのことではない。躰が自然に反応してしまうのだ。濡れ襞が島のモノに絡みつき、媚肉がぐいぐい締めつける感覚が、男を痺れさせた。

しかも脇腹であれ太腿であれ、どこかに手を触れるだけで亜希子の躰はびくん、と弓なりになるのだ。全身が性感帯になったかのようだ。

男の腰の動きはさらに大きく激しくなっていった。次々に襲ってくる法悦の波に亜希子は抗うすべもなく、身をゆだねるほかなかった。

悪いけど、彼に匹敵する男は、我が社にはいないわ……。

亜希子は潤んだ目を三田村と中井に向けた。二人はなんだか萎縮した様子で、上目遣いにこちらをうかがっている。自分たちの至らなさを思い知っているのだろうか。

「島さん……さすがっすねえ。なんか、セックスはこうやれという見本みたいな」

「バカ。部長のは、持ち物が違うんだよ。これぱっかりは持って生まれたもんだから仕方ないだろうが」

中井の能天気な感想を三田村が叱りつけている。三田村は亜希子がここまでよがり、のたうつ姿を日の当たりにしてジェラシーを感じていた。度ならず抱いてイカせた女だ。社内ではオレが一番こいつをよがらせただろう、という自負があったのだが、それも脆《もろ》くも崩れ去りそうな気配だ。

一方亜希子は、官能の海の中で完全に我を忘れていた。

頭の中では幾つもの花火が次々に炸裂し、島の剛棒に蹂躙されるその花弁は、燃えるように熱い。溶けてしまいそうだった。躰がばらばらになり、遠くに飛んでいく。躰中の力が抜けていくこの悦楽は、たとえようもない。

島も深い快感を覚えながら腰を使っていた。

亜希子の柔肉は吸いつくように彼の肉茎を包み込んでいる。その壁は、彼女の興奮が昂《たか》まるにつれてますます締まってくるようだった。男根の動きに合わせて、ぐいぐいと敏感に反応する。これぞ名器。

が、島はこれほどのセックスでも、いわゆる普通の交わりでは満足できなかった。古今東西のポルノ文学を読み漁り、ヨーロッパ駐在のおりには現地のＳＭ館にも入り浸る彼だ。

器具を使うプレイは今日はできないが、バイオレントなセックスならできる。

島は思いきり腰を突き上げた。

どすっと音がするほどの強烈さで、亜希子がいちばん感じる、脆い子宮口が抉《えぐ》られるように一撃された。

「いやぁっ！」

彼女の頭の中で高圧電流が炸裂した。

一瞬、苦痛のように感じられたそれは、すぐに痺れるような快感に変わっていった。

えぐい味ほど忘れられないというが、そんなめくるめく官能だ。

亜希子の全身が性感帯になった。

島の怒張した男根が、物凄い力と勢いで彼女の内部に出入りし、捏《こ》ね回している。それに掻き立てられて、躰の芯から湧き起こった熱いものが、すべてを焼き尽くそうとしている。

凶暴な男のモノが突き上げるたびに、口からすべてが出てしまいそうだし、引かれれば、これまた性器から、すべての内臓がずるずると引き擦り出されてしまいそうだった。

そして彼の手が、亜希子の美乳を摑みあげ、乳首を千切るほどに噛んでも、それはすべて快感に変わった。

柔肉をずたずたに切り裂くようなピストンとグラインドも、それが激しければ激しいほど彼女を絶頂に押し上げてゆく。子宮口を突き上げられるごとに脳震盪《のうしんとう》のように意識がかすみ、Ｇスポットをくじられれば背中に電流が音を立てて流れた。

彼女の両手はいつしか島の背中にしっかり巻きつき、足も絡めている。腰は彼の下腹部にぴったりと密着して、より深い快楽を得ようと、うねうねと妖しく蠢いている。

全身が薄紅く染まり、しっとりと汗が噴き出していた。秘門からは淫らな汁が、とろとろとめどなく迸《ほとばし》っている。

「凄い凄い凄い。君らの会社には、こんな凄い淫婦がいるのか！　羨《うらや》ましいねえ！　どうかね？　新製品はいいからこの娘を売ってくれないか？」

島は無茶苦茶なことを言い出した。当然ながらそれは無理だ。

「いや、それは……ちょっと。勘弁してくださいよ、島さん」

三田村は控え目に断った。

「そうだろうね。そりゃそうだろう……しかしだ、君ンところにはもう一人いるじゃないか」

そういえば麻衣はどうしたんだ。ビールを取りに行ったまま帰ってこないじゃないか。

三田村の指示を受けて、中井が調理場に探しに行った。

そこでは麻衣がフライパンを相手に格闘していた。

「だって、貸切りだからって、ボーイさんもコックさんも誰もいないのよ。おつまみって言われても……だから私が」

皿には、炒め物らしい野菜とソーセージをぶつ切りにした奇怪な料理が盛られている。

「えっと、新島さん。ここはいいっすから、席のほうに来て。あ……だけど、ちょっとショックかも……」

中井は、麻衣を席に戻したくなかった。カラオケスタジオでの一件以来、麻衣を好きになってしまったのだ。

「そう？　まあ、私も子供じゃないから、だいたいどういうことになってるか想像はつくけど……わかった。亜希子先輩だけに任せておけないし」

そう言ってビールと怪しげな炒めモノを手にフロアに戻った麻衣が見たものは、激しい官能にあられもなく陶酔しきっている亜希子のしどけない姿だった。しかも、先輩の躰の上にはこれも尻を丸出しにした島がのしかかっており、ぐいぐいと腰を使っている。

「いやあ。はああん……あ。う。あはあ。いいい。い、イキそう……」

あまりのことに立ち竦む麻衣の姿も目に入らず、亜希子は今やひたすら快楽を貪っていた。恥も外聞もなく嬌声《きょうせい》を上げる淫らな獣だ。

島の恥骨が、亜希子の肉芽を刺激する。中で肉茎が蠢くたびに、淫襞が否応なく伸縮する。もう、男の思いのままだ。

亜希子を呑み込む大きな波がやってきた。それは、激しくぶつかってきて、どーんと意識のかなたにまで、彼女を跳ね飛ばした。

息ができない。浮いているのか沈んでいくのかさえ、まるでわからない浮遊感があった。しかし波は次々にやってきて、亜希子の躰を容赦なく翻弄した。

やってくる周期が速くなり、波も、どんどん大きくなっていく。

そして、最後にとてつもなく巨大な波が、その凄まじい力で彼女を虚無の空間に持ち上げ、放り出した。

心臓発作でも起こしたのかと思えるほど激しく全身を硬直させ痙攣を繰り返したあと、亜希子は急にぐったりとなった。

「し、死んだ!?」

「先輩！　大丈夫ですかっ」

「あまりの快感で失神しただけだよ」

亜希子のアクメを見て立ち尽くしたまま、お盆を取り落としそうになっている麻衣に、島が言った。

「喉が渇いた。一杯くれよ」

亜希子の躰から降りてぐーっとビールを飲み干した島は、ぶはーっと息をした。

「生きててよかった、と思う瞬間だね」

腹が減ったのか、島は麻衣の作った無気味なぶつ切り料理を貪り食った。この男は美食家ではなかったのか？

「うまい。空腹こそ最高の調味料だ」

すっかり性獣と化した島は、ゲップをしながら、今度は麻衣の手を掴んで引き寄せた。

「ねえ君、君も彼女の同類なんだろ？　たまらんねえ。可愛いOL、じつはインランってのが」

彼は麻衣のスカートをいきなりめくり上げ、驚くべき敏捷《びんしょう》さでパンティに手をかけた。そして抵抗する間も与えず、ずるりとパンストごと引き下ろしてしまった。

「ひ。きゃっ！」

麻衣の剝き出しになった股間に手を入れた島は、そのまま彼女の手と両脚の間をむず、と掴んで自分の膝の上に乗せてしまった。

「君も飲みなさい」

島はビールを口に含むと麻衣に無理やりキスした。口移しに飲ませようというのだ。

生ぬるいビールを注入された麻衣は目を白黒させたが、おぞましいことに一緒に彼の舌も入ってきて、ぬるりと絡んできた。手はそのままパンティを引き下ろされた股間を、まさぐり続けている。島の指は、麻衣の薄めの翳りを掻き分けて、秘裂の中に沈んでいった。

「!」

口を塞がれた麻衣の躰に衝撃が走った。

彼の指が肉芽を探り当てて、つまみあげたからだ。

麻衣は、自分のクリットは人より大きいのではないかと、ひそかに心配していた。機会があって見たことのある裏ビデオに映っていた女のそれは「小突起」としか言いようのない小さなものだったが、麻衣のものはけっこうぷっくりと大きいのだ。この間、亜希子先輩のマンションで見た先輩のものも、麻衣よりは小さかった。

それを島の指は執拗《しつよう》にこねくり回し、くじっていった。

「あ。や、やめてください。痛い!」

「ふふふ、可愛い顔に似合わずサネは大きいんだねえ」

麻衣は彼の手を振りほどいて逃げようとしたが、島の力は意外に強かった。

「君みたいなフレッシュな女の子を見ると、ついついイジメたくなるんだよな。チェコの娼館でもついついSMに走って……あれはまだ十五歳くらいの娘だったな。知ってるかな？　あのあたりじゃ白人の、それも少女が買えるんだよ」

ベルギー産の少女をいたぶった話をしながら、島は麻衣の性器を弄った。

「きゃあ！」

ぷつっと音がして、島が彼女の恥毛を数本抜いた。

すでに一回激しいセックスをして放出しているから、島は麻衣に対してはもっぱらアブノーマルな興味で対処しているようだった。

「そうだ！　フランス人形みたいに可愛い君に、陰毛は似合わない。きれいに剃《そ》ってあげよう。つるつるオマ×コのほうが引き立つよ。そうだよね」

同意を求められて、三田村は、「は、はい」と答えた。彼もオアズケ状態のままセックスを見せつけられて思考力は麻痺している。おこぼれちょうだいで、今すぐ亜希子を抱きたいのだ。

一方、中井はいつもの軽いノリはどこへやら、ひたすら押し黙って怨《うら》みがましい目を島に向けていた。麻衣にこんなことをしてほしくないのだ。

島は気にかかりる様子もなく、ポケットから電池式のシェーバーを取り出した。

ビジネスマンたるもの、夕方伸びてきた髭《ひげ》にもそれなりのケアが必要だ、という主義らしい。

ぶぃーんという低い音がして動きはじめたシェーバーを、島は麻衣の下腹部に押し当てた。

ざりざりという音がして、薄めの翳りがみるみる剃り落とされていく。

「いやあっ、やめてくださいっ！」

「本当は剃刀《かみそり》で、アワを立てて、じっくり剃りたいところだけどな」

さすがの麻衣も我慢できなくなって暴れだしたが、三田村が弾かれたように立ち上がると、島の加勢を買って出て、麻衣を押さえつけた。

「久野先輩を見ろ！　今夜の君の本分を考えるんだっ！」

「だけどどうして……どうして私たちがこんなことしなきゃいけないんですかっ！」

麻衣は叫んで足をばたばたさせた。彼女はビーナス・スタッフとは何か知らないのだから無理はない。

「ほらっ！　中井！　お前も彼女の足を押さえろ！」

三田村の命令に、中井は蒼《あお》ざめた顔のまま黙って立ち上がると麻衣の足を押さえにかかった。

「なによっ！　みんなグルになって私たちを人身御供に差し出そうというのねっ！」

「人身御供とはいい表現だ」

島はどす黒い笑いを見せると、シェーバーのスイッチを止めた。

麻衣の翳りの部分はまだら状に剃り取られてしまった。残っているのは、シェーバーでは剃れない、長い秘毛だけだ。

「あっはっは。こりゃ情けない姿だな。まあ彼氏にでもきれいに剃ってもらえ。彼氏にそういう趣味がないんなら、当分逢えないかな」

ひひひ、と島は笑うと、濡れてもいない麻衣の秘腔に強引に指を差し入れてきた。

「ほほう。中の感じは君の先輩に優るとも劣らない。いい肉襞をしてるな。ナマで突っ込めば、さぞ気持ちがいいだろう」

しかし島はすぐには挿入する気配がない。

気をきかした三田村が、麻衣の肴衣を脱がせにかかった。

「いやあ、島部長、この娘はなかなかいい躰してるんですよ。私も部内の飲み会で拝ましてもらいましたが、おっぱいは小さいけどなにしろ手足が長い！　しかも……」

三田村は声をひそめていやらしく笑った。

「こんなお人形みたいな顔をして、なんと聖水プレイをしてイっちゃうんですから……なあ、中井君、そうだよなあ？」

中井はびくっとしたが、頷くでもなくただ石のように固まっている。

「いやあのイキっぷりは激しかった。しかも大勢の目の前で。……要するに、このコも好きなんですよ。遠慮なくしごいてやってください、島さん。磨けば光るタマです」

まるで女衒《ぜげん》の口調だ。

そうこうするうち口八丁手八丁の三田村にビジネス・スーツを剝ぎ取られて、麻衣も、あっという間に全裸にされてしまった。

「島部長！　本気ですかっ？　本当にこんなことしていいと思ってるんですか！」

なおも手足をばたつかせながら麻衣は叫んだ。

「いいんだとも。可愛いねえ、無駄な抵抗をして……よし、僕の言うことを聞けば、支払いを三十日サイトにしてあげよう」

「ホントですかそれ？」

麻衣は思わず力を抜いていた。

「それなら……ついでにマージンの幅も、もうちょっと考えていただけませんか？」

「いいとも。君の言う条件で契約してやろうじゃないか。その代わり……」

島の指の動きが激しくなってきた。中に入っている人差し指と、麻衣のクリトリスを押し潰している親指がぐりぐりと秘唇を掻き乱している。

「あっ、はぁん……」

カラオケスタジオで中井に指でイカされた時と同じ、無理やり官能を押し上げられるような感覚があった。

「ひとつこの、新鮮な赤貝を賞味してみるかな」

島は上半身の押さえを三田村に任せると、中井を追い払って麻衣の下半身に陣取った。両脚を思いっきり開かせると、トラ刈りになってしまった恥裂に口をつけた。

「うえっ……」

麻衣は男にクンニされるのは初めてだ。亜希子とレズった時には彼女の舌を受け入れたが、それは愛があったからだ。しかし今、島の舌の動きは、麻衣の女陰をひたすら貪るだけだ。亜希子先輩のような繊細さもなく、滑らかな肌触りもない。ざらついた男の手で秘所を広げられ、乱暴に強く吸われるのには鳥肌が立った。

「君もね、どうせヤッてもらうなら、うまい男を選びなさいよ。そうすりゃ開発されていい女になれる……女の権利だなんだと騒いでる連中は、きっとロクなセックスをしてないに決まっている！」

島は勝手なことを言いながら陰部に舌を這わせた。

ビーナス・スタッフのなんたるかをまだ知らない麻衣は、亜希子と違って秘所を清めていない。亜希子なら携帯用ビデやウェットティッシュを肌身離さず持ち歩いていて、いついかなる時に触られ、かつ舐められてもいいようにしているが、麻衣はそうではなかった。

一日仕事をした後なのでそれなりに匂いもあった。ところが、それが島の好みだった。彼はチーズとアンモニアの入り混じった香りが好きなのだ。

麻衣の双の陰唇を舌先でいたぶり、唇でつまみあげながら、島は秘裂を左右に押し広げ、包皮を剝いて、麻衣の大きめの肉芽を露出させてしまった。ぬるっ、と舌が触れてきた一撃に、麻衣は声が出なくなった。

気持ちの悪さと同時に、痺れるような快感が走り抜けたからだ。

麻衣の最も敏感な部分で、軟体動物のような島の舌が蠢いていた。いつもは大切に包まれているクリットが、今は無理に剝き出され、数倍鋭敏になっている。

じわりと、熱いものが湧いた。小水を洩らしてしまったのかと一瞬怯《おび》えたが、それは愛液だった。躰が反応して、心ならずも愛の泉が湧きはじめてしまったのだ。

「ほうら、濡れてきたぞ。……ほほう。いったん湧さ出すと君のおツユは多いんだね。もうべとべとだぞ、ふっふっふ」

島はわざと音を立てて、じゅるじゅると麻衣の愛液を啜り上げた。

「あむむむ……」

麻衣は思わず腰をくねらせた。なぜか、嫌悪を感じれば感じるほど突きあがってくる、倒錯した快楽があった。

島は、舌で麻衣の剝き出しの肉芽を翻弄しながら、指を女芯に侵入させた。潤いはじめた肉襞を、じわりじわりと掻き回している。

胸倉を取られて無理やり全身を揺さぶられるような、強引に盛り上がってくる官能が麻衣を襲った。

それは亜希子と愛し合った時のような、躰の芯からふつふつと湧きあがってくる熱さではない、躰の外から炙《あぶ》り焦がされるような熱感だった。じっくり煮込まれてとろとろになるシチューではなく、バーベキューというべきか。全身がどうしようもなく火照ってくるのは同じだが、質が違う。

しみじみとした幸福感に欠けているぶん、その強烈さは麻薬のような渇きをもたらした。繰り返し求め味わってもけっして満たされることのない、なんともいえないじれったい感覚だ。

島の指がさらに体内で動き、麻衣の躰には突き上げられるような、雷に打たれたような衝撃が走った。

「ふふふ。これが君のGスポットだな。悶え苦しませてやろう。乱れ狂っても知らないぞ」

夢想の中でGスポットの快感を想像したことはある。しかし、実際にそこを責められるのは初めてだ。亜希子と愛し合った時も先輩は控えめで、その細い指を麻衣の恥裂の奥深くまでには進めてこなかったのだ。

「はあっ！　いや……動かさないでください……ああっ、なんだか、苦しい。あっ……」

重苦しい鉛のような感覚が麻衣の躰に襲いかかった。痛みに似ているが少し違う。

爆弾の破裂を予期させるような、未知のものへのおそれを伴った感覚だった。

球質の重いピッチャーの剛速球、ヘビー級ボクサーのパンチ、ワーグナーのオペラのクライマックス……いろいろたとえられるが、とにかく重く不吉で、まさに「どうにかなってしまいそう」な、不安な感じが襲いかかってきたのだ。

麻衣はどんどん未知の世界に追いあげられていった。

「あ！　お、お願い……トイレに行かせて……も、洩れそうなんです……」

島はニヤリと笑った。

「なんだ？　オシッコが洩れそうなのか？　いいよ。ここで出しちゃいなさい。さあ、やり給え、やり給え！」

やり給えと言われて排泄などできるわけがない。しかし、島の指はなおも、ぐいぐいと麻衣のGスポットを強く押し乱している。尿意がますます迫ってきた。

「あ、やめて！　で、出ちゃいますっ！　で、出るぅ！」

麻衣の背中が反りかえり、そのままで凝固した。と、同時に、ビニールレザーの安っぽいソファに、透明な液体がつつつ、と滴った。

「ああ……」

麻衣は恥ずかしさのあまり顔を覆ったが、その直後、揺りもどしのような激しい痙攣が彼女を襲った。そのまま、ひとしきりガクガクと全身を震わせると、麻衣はぐったりとなってしまった。同じように激しくオーガズムに達した亜希子と似ているが、麻衣のほうが、より激烈だった。

「わかったかな。これがGスポットのオーガズムなのだよ。ちなみにこの子が出したのは、オシッコではない。いわゆる『潮』だ。君たちもAVで見たことがあるだろう？　潮吹き女ってのを」

島は自分のテクニックの成果を目の当たりにして満悦至極の様子だ。

「じゃ、ちょっと僕は休憩させてもらって、今度は君らのを鑑賞したいんだがね。どうかな」

三田村は願ってもないと、二つ返事で承諾した。

「じゃ、中井君。僕はこの新島君とやらせてもらうよ。彼女もそろそろ社内デビューしてもいい頃だ」

バイブ責めの一件以来、麻衣に惚《ほ》れている中井の顔に動揺が浮かんだ。

「でも……三田村課長は浅倉商店のお嬢さんと……千晶さんと婚約してるじゃないですか」

なるほどコネ入社の得意先の娘、千晶と、社内エリートの三田村ならお似合いと言えた。

「いや、相手がビーナスの派遣社員なら、そういうのは関係ないんだ。ほら、プロとのセックスは浮気のうちに入らないと言うだろうが」

そんな話は聞いたことないし、なによりも麻衣をプロの商売女と同一視されたことに中井は腹が立ったが、どうにもならない。

「君さえ黙っていてくれれば大丈夫。ま、バレても千晶程度の家の娘なら、見合いでいくらでも話がくるけどね。なにしろ僕は同期の出世頭だから」

三田村はそそくさと下半身を露わにし、聳《そそ》り立った男性を突き出したアフリカの裸族のような格好のまま、麻衣を床に寝かせてしまった。島のいるソファでは狭いのだ。

「いや、床はフクだ。貸切りだと、こういうこともできていいねえ、中井君！」

三田村は濡れそぼって光っている麻衣の秘腔に、自分のペニスを突き立てた。

「あはあ！」

さきほどのGスポット攻撃で完全に官能のスイッチが入っている麻衣は、挿入された途端に腰をぴくりと動かした。この状態では相手が誰であろうが、すんなりと受け入れてしまったことだろう。

「あン、気持ち、いい……」

それを見た中井は、半泣きの表情で亜希子を抱き起こした。彼女はさきほどの余韻がまだ抜けきらない様子で、朦朧《もうろう》としている。麻衣が凌辱されていることも夢うつつだったらしい。

「久野先輩……オレ、辛いっすよ」

中井は亜希子にしがみつき、乳首を吸いはじめた。あまりのショックに幼児退行現象を起こしたらしい。

「そうか……中井君は、新島さんが好きなんだ」

ようやく我に返った亜希子は、中井のサラサラした茶髪を優しく撫でた。中井は夢中で頷きながら亜希子の乳首を吸っている。

亜希子は母性本能を刺激されたのか、そのまま中井を抱きしめると、彼の股間にそっと手を触れた。

「でも、ここはしっかり元気みたいよ」

一方、三田村は、三国産業の男子社員全員の先陣を切って麻衣と交わることに成功したものの、意気込み過ぎて、早漏もいいところで終了してしまった。

「……お恥ずかしい……勢い余って三擦り半でした」

いわゆる『なんちゃってボトル』、外はヘネシー中身はニッカのブランディをがぶ飲みしていた島は、そろそろまた出番かと身を乗り出した。

「いや、君は風俗の女性にならきっとモテるだろう。彼女たちは早漏人歓迎だからな」

島は、とろとろと白濁液を吐き戻している麻衣の秘腔を覗き見た。

「では消毒をしてあげよう。こんなウブな女の子に悪い病気を移しちゃいかん」

彼はビールを一本手に取ると、指で栓をして激しくシェイクしはじめた。プロ野球の優勝のビールかけの会場でよく見る行為だ。

そして、島はそのビール瓶を、あろうことか麻衣の秘腔にぶすりと挿入してしまった。

「ひゃあああっ！」

ぐったりしていた麻衣が飛び起きた。往年のスケバンたちが「コーラリンチ」「ビールリンチ」として実行するのと同じことを島はしたのだ。冷えた炭酸が、敏感でデリケートな柔襞の中に凄まじい勢いで噴射され、ぶちぶちと炸裂していく。

麻衣はその衝撃と痛みに、ほとんど失神状態になってしまった。

さすが、島。変態の帝王として接待担当者を悩まし続ける男の真骨頂《しんこっちょう》だ。

しかしこれを境に、猥褻だが、ぎりぎりのところで許容範囲内だったムードが一変してしまった。あまりの残酷と言ってもいい行為に、この場の空気が凍りついてしまったのだ。

場違いな春歌を歌ってしまった後の沈黙、余興の裸踊りの前張りが取れた瞬間、いや、ハメを外し過ぎて誰かを殺してしまった直後とさえ言えるほどの、なんとも言えない、イヤな雰囲気が支配していた。

「わーっははははは！　愉しいねえ！　いや、こういうのが愉しいんだよ。ＳＭクラブのマゾ女なんかいたぶっても面白くもなんともない。あいつらはイジメられるのが商売だからな。この子みたいな、いたいけでまっとうな娘をイジメぬくのが真のサディストってものだ！　そうだろうが。なんか文句あっか？」

島の目は据わりはじめていた。情けないことに、誰も文句は言えない。

「よーし、じゃあ次、いってみよう！」

島はぐったりした麻衣の髪の毛を摑むと、顔を無理やり持ち上げた。

「おい君。何をしてもらいたい？　デッカいチ×ポをぶち込まれたいか？　そうだな、知り合いにアフリカ系アメリカ人がいるが、こいつのがバケモノみたいにデカい上にまた硬いときてる。彼とやって失神したソープのねえちゃんがいたな。呼び出すか」

島は携帯電話を取り出した。

「それとも……内輪で収めるか。え？ 先輩とレズのショーでもしてもらおうか。おい君」

島は中井に声をかけた。

「近所のアダルトショップに行って、レズ用の張形を買ってこいよ。両方にチ×ポのついてるヤツな」

しかし、中井は真っ青な顔に怒りを湛えて動かなかった。

「島さん、よければ僕がやるっすよ。道具なんかなしでお見せしますよ」

彼はきっぱりと言った。これ以上麻衣をもてあそばれたくない。性具なんか使われて、彼女をおもちゃにされたくない、という気持ちだった。

中井は、島が返事するのも待たずにスーツを脱ぎネクタイを取り、ワイシャツもパンツも脱いで全裸になってしまった。なかなかに見事な男性が突き立っている。カリの張ったそのモノは、島の持ち物に比べても遜色《そんしょく》はない。

「よっ。なかなかいい度胸じゃないか、それでこそ三国産業の男子社員だ」

囃《はや》し立てる三田村にも何も答えず、中井は麻衣の躰に被さっていった。茶髪でいつも調子いいだけの男が、今は妙に真剣だ。いや、神聖な儀式に臨んででもいるような、気迫に溢れてさえいる。

「好きなんだよ……麻衣ちゃん」

彼は麻衣の耳元で囁いた。

「なによ、何言ってるのよ、好きならこんなことしないでよ！」

「ほかの男にやらせたくないんだ。きみがバイブでおもちゃにされるのもイヤなんだ」

中井は青春ドラマの高校生のような素直さで告白すると、いきなり麻衣の乳房をぎゅっと摑んだ。こちらはポルノ映画の高校生のような手つきだ。

硬さは残しているが、熟しつつある麻衣の果実が、彼の手のひらを押し返してきた。

中井はその淡いピンクの先端をぺろりと舌で舐めると、そのまま乳房に重点をおいて愛撫を始めた。と、同時に彼は七割ほどの勃起率のペニスを、麻衣の中におずおずと挿《さ》し入れた。

「愛してるんだよ……」

「ウソよ。カラオケボックスでも黙って見ていたクセに」

麻衣は怒っている。

「ごめん。だけど、あの時に、ボクは君を好きになってしまったんだ……」

露出プレイが結ぶ恋、と言えよう。

中井のモノは、腰をぜんぜん使っていないのに、麻衣の中でむくむくと大きくなり、はちきれそうに勃起した。

「ほら、これが、愛の力っすよ」

麻衣には不思議な感覚だった。今まではいつも百パーセント大きくなったものを入れられた。それがピストン運動を始めて射精して、それがセックスというものだと思っていた。

けれども今は、自分の中で中井の分身が、何もしないのに大きくなってゆくのだ。ゆっくりと肉襞を広げられてゆく新鮮な感覚に、麻衣はなにか感じるものがあった。

「好きなんだよ……麻衣ちゃん」

彼はゆっくりと腰を使いはじめた。

じわじわと媚肉を動かされるその感触に、麻衣はふたたび躰の芯が火照ってくるのがわかった。亜希子と抱き合った時と同じ、あの幸福な感じだ。

中井は乳房から唇を離すと、今度はほっそりとした麻衣のうなじに舌を這わせた。なぜか甘美なものが、じわり、と湧いてきた。そのせいなのか、果肉もきゅっと締まった。

「ああ……」

締めつけられる快美感に、中井も思わず呻いた。麻衣の柔肉が、しっかりと自分のモノを包み込んでいる。まるで離すまいとしているようじゃないか……さっきまでしょげてブルーになっていた中井の心に、一条の希望の光が射し込んできた。

中井は思い切って麻衣の唇に、自分の唇を重ねてみた。本当は舌を絡めたかったが、麻衣は口を堅く閉じている。大きな瞳も見開かれたままだが、その目は、許してあげる、と言っているようにも思えた。

おお、これが愛するものと一体になった充足感か。

中井は嬉しさのあまり、猛然と腰を使いはじめた。すでにエネルギーに満ち溢れた彼のモノは、さらに大きく逞しくなって麻衣の柔肉を掻き回している。

「うそ……何これ？」

麻衣はその思いがけない気持ちよさに、つい言葉を発してしまった。男とのセックスではいまだかつて感じたことのない、甘美に痺れる感じが全身に広がりつつあったからだ。

亜希子との時と同じような、ゆっくりと湧きあがるものがある。あそこを満たされていることが、こんなにも心地よい安心感をもたらすなんて……知らなかった。

「あぁン……いい、気持ちいい……」

思わず彼女の口から嬌声が洩れた。

それを聞いた中井は勇気百倍だ。

深いストロークと、本体の長さで麻衣の奥深くまでらくらく届く彼のモノが、媚芯をくまなく翻弄しはじめた。ときおり焦らすように、柔肉の一番奥を突ついてくるところも憎い。

「ああ、もっと。もっと奥まで……思いきり……ねえ」

こんなふうに、男におねだりするように悶える日がこようとは麻衣自身、今まで想像したこともなかった。

感激した中井は、麻衣の両脚を持ち上げて、より深く結合する体位になると、思いきり腰を突き上げた。

「あはあ！　か、感じる……感じちゃうっ！」

中井は逆上しつつも、自分の下ですべてを彼にゆだねている麻衣の姿が、今もって信じられなかった。

スレンダーで均整の取れた、そのモデルのような肉体が火照って色づいている。興奮のあまりしっとりと汗をかいているから、もともと滑らかな肌が、ほとんど吸いつくような感触になっている。乳房を揉み上げると官能のあまりか肩を揺らせ、脇腹を撫でると背中を反らせた。のびやかに長い太腿にそっと手を這わせると、腰を揺らせてひくひくと全身を震わせた。

そして麻衣の女性の部分は、いっそう熱く燃え上がっていった。襞という襞が、中井のものに絡みつき吸いついてくるようだ。細かな肉の襞は、ざわざわと揺れ動くようで、まさにイソギンチャクのようだ。触手のような肉襞が、男の最も敏感な部分を包み込み、撫で上げていくのだ。

「うっ。くくく……」

思わず射精しそうになって、中井は必死になって我慢した。こんなにも素晴らしい快楽が、あっという間に終わってしまうなんて惜しい。もっともっと長引かせて、たっぷりと味わいたい。

本当なら密室で二人だけで愛を確かめ合いたいところだったが、もはや誰が見ていようが、視線も気にならなくなっていた。中井の頭からは、他の三人の存在は完全に消えていた。

「あふううっ！」

剛棒の先端で続けざまに子宮口を叩かれて、麻衣は最初のオーガズムを感じた。全身がふっと軽くなり頭の中が白くなった。

ああ、セックスって、こんなにいいものだったのね、学生時代にやったアレは、タダの真似事だったし、さっきの三田村課長なんて射精だけだったのだわ、島に指で無理やりイカされたのもほんもののセックスとは言えない。ああ気持ちいい……これは、亜希子先輩と愛し合ったのと同じくらい、いいわ……。

麻衣の絶頂感は弱まることなく、さらにもう一段階上の絶頂がやってきた。躰の芯から湧き上がる熱いものが、ゆっくりと全身に溢れ、大きな波が彼女の肢体を呑み込んでいった。

ああ、ひとりでに腰が動いてしまう。声が出てしまう。麻衣は快感のあまり完全に我を忘れていた。

頭の中では幾つもの花火が炸裂し、下半身では男のモノを咥え取った花弁が蕩けてしまいそうだった。躰がばらばらになり、宇宙に四散していく。全身の力が抜けて、空中を漂っている。魂がどこまでも昇っていく。

ああ、これが天国というものかしら……。

歌の文句のようなことがちらと頭に浮かんだ。

そんな麻衣の反応を見て、中井は深い感動を覚えていた。

彼女の官能のボルテージが限りなく上昇していくのに合わせて、媚肉の締まりも強烈になってゆくのだ。ほとんど吸いつくように、中井の肉茎を包み込んでいる肉襞が、いくらでも締めつけてくる。男根の動きに合わせて敏感に反応してくる。

亜希子先輩も凄かったけど、麻衣もそれに劣らず素晴らしい！

中井は、生涯最高の瞬間を迎えようとしていた。

彼が思わず彼女のアヌスに指を入れた刹那《せつな》、淫肉がきゅーっと締まった。

「うわあ！　だ、だめだっ！」

彼はたまらず思いのたけを彼女の中にぶちまけた。

「あン。もう少し、もう少しなのに……」

麻衣も今までで最高のアクメをかいま見ただけに悔しい。

しかし、中井のモノは爆発してのちもなお大きく逞しく屹立したままだ。「抜かずのなんとか」ができそうだ。

「ああ、一度出ちゃったのに……まだまだできるっすよ」

中井はより激しく腰を動かした。一度射精して余裕ができたのか、それとも麻衣を感じさせて自信がついたのか。それまでのピストン一辺倒からパターンが変わって、グラインドがつけ加わった。

中井の巨人なモノが、麻衣の中の感じる部分をもれなくなぞっていく。Gスポットだけを不自然に責められるのとは違った、もっと優しく官能を掻き立てられるその快感に、麻衣の官能もマグマのようにゆっくりと、しかし強力にふたたびうねりはじめた。

花芯を思うままに蹂躙され、翻弄されるそのリズムはやがて大きな波となって、またも麻衣を完全に呑み込んだ。

「あ……イ、イク。イッちゃう！　ああ、もう、だ、め」

麻衣は力いっぱい中井を抱きしめ、自分から腰を突き上げた。彼の肉棒のすべてを食い締めて、絶対に離すまいとするかのようだ。

驚異的なことに、若さにまかせて中井も、続けざまに二度目の発射をした。その蠢動を感じたのか、麻衣はなおも昂まり、駆け昇っていった。

物凄いパワーを出しきって、二人はがっくりと床に倒れ伏した。

「うーん。純愛カップル誕生ということですかなあ」

面白くなさそうに島が言った。彼はセックスに愛など持ち込まない男だったから、シロクロショーを楽しむつもりが愛情溢れるセックスを見せつけられて、鼻白んでしまったらしい。

亜希子も固唾を呑んで二人の行為を見ていた。彼女は、けっこう感動していた。なかなかいいカップルができたかもしれない、と心の中で祝福を送っていたのだ。

取り残されたような三田村は、婚約者である千晶とハードなセックスをするわけにもいかない、仕方ないから今夜は誰かキープの女を呼び出そうかなどと考えている。

「……いや、それではどうも。私はこの辺で。今夜は楽しかったですよ」

島はそう言うと、さっさと帰ろうとした。

「え。この後別の店もリザーブしてあるんですが……九州ラーメンのうまい店なんかは、いかがです」

三田村がすがるように言った。

「いやいや……こういうお熱いものを見せられて、いささか満腹ですよ。では」

島はそのまま帰ってしまった。亜希子は心配そうだ。

「契約書にサインはもらえなかったけど……口約束で大丈夫かしら？」

麻衣はまだ陶然としていて、目の焦点も合っていない。

「契約書？　サイン？　何ですかそれ……あっ、そういえば仕事だったんですよね、これ」

亜希子は麻衣の受けたショックも気になったが、彼女は中井とのセックスで、なぜか元気を取り戻してしまったようだ。

「大丈夫ですよ、先輩。ここまで体当たりの接待をしたんです。これで契約しないなんて、そんなこと通りませんよ」

「にしても最低っすね、許せないっすよ……あの島の野郎……」

中井は麻衣にビールリンチまでした島に本気で怒っている。

「麻衣ちゃんにあんなコトまでするなんて。あんな奴と取り引きするのはもう御免だ！」

そう言うと、中井はぐっと麻衣の肩を抱き寄せた。

「ちょっと中井君。やめてよ。誤解しないで。中井君の気持ちはわかったし、なかなかやるじゃんとは思ったけれど、それで即、私があんたの彼女になるわけじゃないのよ」

今日はこのくらいにしといてやる、と言わんばかりの麻衣の口調に、中井はしょげ返り、麻衣の肩に掛けた手を離した。

三田村はといえば、だまし討《う》ち同然の手口で亜希子たち二人を島への人身御供としたことに、さすがに気が咎《とが》めているようだった。

「……まあそのなんというか二人とも無事でよかった」

どこが無事なのだろう。

「その……必ずしもオーソドックスな手法ではなかったことを否定するものではないが……とにかく今夜のこの努力で巨額の契約が取れたんだ。ま、結果オーライということで、ひとつその……」

泣き寝入りしてくれ、ということなのね。亜希子は内心ため息をついた。

第四章　縄と鞭の人事

その翌日。

亜希子と麻衣、三田村課長と中井からなる「権堂商事接待チーム」は大川常務に呼び出された。

昨夜の接待で努力した甲斐あって契約が正式に取り交わされたのだろうと思いながら、一同は役員専用会議室に出向いた。

が。

「君たち！　昨夜はどんな接待をしたんだね！　さっき権堂商事から電話があって、取り引きは全面的に白紙にしたい、サンプル購入の件もキャンセルしたいとの仰《おお》せだ。一体どういうことなんだこれは！」

大川と並んで待ち受けていた楢崎営業部長が、カンカンに怒って接待チーム全員を怒鳴りつけた。

「いえ、お言葉ですが営業部長。我々は最善を尽くしたですよ。あの島のヤロー……いえ権堂商事の島部長が我々を騙《だま》したんです。ヤリ逃げの乗り逃げの食い逃げっすよ。昨日は契約しようってことでちゃんと話はついてたんですからっ！」

中井が必死に抗弁した。

「先方を批判したってしょうがないっ！　あと一歩で成約だった大きな取り引きを、君らはぶっ潰したんだぞ！」

楢崎は彼らの言うことなど聞く耳も持たないという態度で怒り続けた。

「しかし……昨夜は、価格の点でも数量の点でもこちらに有利な条件を呑んでくれたはずなのに、それを今になって……」

「だから接待に落ち度があったんだよ！　どうしてくれるんだ。これは後を引くぞ。あの島という奴は業界有数の根性曲がりだからな」

大川常務も口を挟んだ。

「もういい。三田村に中井、君らの顔なんぞ見たくもない。首を洗って待機しておれ！」

エリートコースで出世頭、同期のトップを切って課長に昇進したことだけが自慢の三田村は真っ青になった。

「部長！　常務！　まさか、馘《くび》ってわけじゃないでしょうね。このリストラの嵐の中、再就職もままならず、結婚を控えてワタクシはどうしたら」

「ふん。君は婚約者の親の会社にでも入れてもらえばいいだろう。この逆玉野郎が」

三田村の婚約者とは、亜希子や麻衣をいじめる急先鋒のOL・千晶だ。三国産業の重要なお得意先の、株式会社浅倉商店の四代目社長の娘なのだ。

「しかし会社を馘になれば、彼女にも棄てられてしまいそうです……甲斐性なしの能なしのと言われて……」

三田村は情けなくもよよと泣き崩れた。

「中井。このダメ男を連れていけ。我々はこのプロジェクトの責任者二名に話がある」

中井は仕方なく、三田村の腕を引いて退席した。残された亜希子と麻衣の運命が気になるのか、心配そうだ。

彼らが出ていったのを見届けると、常務の表情が変わった。目がらんらんと光っている。

「さあ。久野君に新島君。君らはどうこの責任を取るつもりだね？　ビーナス・スタッフに損害賠償でも請求しようか？　しめて二億円」

「そんな……失敗の許されないセールスなんて……信じられません」

あまりのことに麻衣が口を挟んだ。

「いや。先方の納期の条件が厳しいので、工場はすでに大増産態勢に入ってしまったのだ。今の我が社には売れない猫のエサを大量に抱え込む余裕などないっ」

楢崎が怒鳴った。

「損害を与えた者が何を言うか。盗人たけだけしいとはこのことだ！」

「……とにかくだ。社会人として、それなりにきちんと責任を取ってもらおうじゃないか」

まるで「オトシマエをつけろ」と言わんばかりの口調で大川常務も言い募《つの》った。

「だいたいがだ。なんのコネもツテもない君らがだね、あの曲者の島に話をつけられるワケがないんだ。『確かな感触』などとはよくもまあ……そもそも女なんかを信用したのが間違いだったよ」

常務はズボンのベルトを外しながら立ちあがった。

「君らなりの方法で責任を取ってもらおうじゃないか」

「……では、これから権堂商事に出向きまして」

亜希子は無駄だと知りつつ言ってみた。

しかし営業部長も服を脱ぎはじめた。

「そんなことしてどうなる。君らは、その持ちモノを使って責任を取るしかないんだよっ！」

まず、亜希子が楢崎に捕まった。彼は亜希子の腕を捻りあげて、スカートをめくり上げる。

「楢崎君はそっちか。私はこの子がいいな。新島君だっけ？　さあ」

大川は床にズボンを落とし。陰茎を露出させて、麻衣ににじり寄った。

「まず、ゴメンナサイの気持ちをこめて、この私のモノを清めるんだ」

麻衣は亜希子のほうを振り返った。

亜希子は楢崎にスカートをたくし上げられ、パンティも下ろされてお尻を剝き出しにした格好で、ディープキスをされている。麻衣を見たその目は、ごめんなさい。でも、仕方がないのよ……と言っているようだ。

「新島麻衣君、だね。君をずっと抱きたい抱きたいと思ってたんだが、日下不況のおりから役員賞与はなし、報酬もカット。一般社員に気兼ねして福利厚生も役員は遠慮するように、との社長通達があってな……君だってそういうそぶりは見せないし」

大川常務は弁解がましいことを言いながら、ひざまずかせた麻衣の髪の毛を摑んだ。無理やり顔を上げさせると、自分のモノを麻衣の唇に押しつけようとした。

「そぶりって……そういう気がないんだから当然じゃないですかっ！　私は会社に仕事をしにきてるんであって、役員の愛人になりにきてるんじゃありませんっ！」

常務は、おや、というような顔をして、いぶかし気に亜希子を見やった。

しかしビーナス・スタッフの業務について麻衣に説明する立場にある亜希子は、すでに営業部長によって床に押し倒されていた。クンニが大好きな楢崎の餌食となって両脚を大きく広げられ、秘唇を舐められている。

「ま、先輩もああいう状態だ。君も見習いたまえ」

憑かれたような大川の表情は、普段が温厚なだけに怖いものがある。ここで逃げだせば殴打される可能性もある。

とは思うものの、麻衣には口で男性のものを慰めた経験がなかった。彼女には、口はものを食べたりしゃべったりするところで、性器を入れるところではない、という気持らが強固にある。それに大川のものはいかにも年齢相応に、見るからに黒ずんでいて無気味だ。見るからにおしっこの出るところ、という気がする。

とてもこんなモノ口に入れられない。汚い。と麻衣は思った。

亜希子先輩のあそこはピンクでとても綺麗だった。それに、こんなおぞましい形でもなかった。中井君だって、形はともかく色はやっぱりピンクで、こんなドメ色じゃなかったわ……。

「ほら早く、口に入れんか！」

大川の無気味なモノの先端が、麻衣の頬に触れた。新人OLにオフィスで口唇奉仕させるという興奮のゆえか、それは年に似合わぬ立ちを見せ、血管まで浮きたたせている。

ぬるり、というおぞましい感触が麻衣の頬に触れた。鈴口から先走り液までが滲み出ているらしい。

麻衣は嫌悪のあまり反射的に、常務の腿に手を突っ張って、思いきり押し返していた。

おぞましい男の股間から必死に顔をそむけたので、摑まれている髪の毛がつれて痛い。

「いやですっ！　絶対にいや！　しまってくださいっ、そんなモノ汚いじゃありませんかっ」

「君、汚いとはなんだ！　汚いとは。役員に向かって失礼じゃないか！」

大川はショックを受けたようだった。

「だって汚いんだもの！　どうしてもって言うのなら、噛み切りますすよっ！」

麻衣も必死の形相だ。

「おいおい、久野君。君は部下にどんな教育をしてるんだ？」

常務は当惑している。……なぜここで先輩の名前が出てくるのだろう？　それに、教育って何のこと？

「いや、いまどきの新人にはこれまでの常識が通じないと聞いたが本当らしい。亜希子君も苦労するだろう……仕方がない。究極の選択だ。君が私のナニを舐めるか、それとも君が私の尻の穴を舐めるかだ。どっちがいい？」

麻衣は要するに排泄器官に口で触れることがイヤなのに、大川はそれをわかろうとしない。

「どっちもいやですっ」

きっぱりと麻衣が答えると、冷えびえとした空気が流れた。亜希子の女芯を一心に味わっていた楢崎も行為を中断して、常務の様子を見た。

「これは……業務命令違反ですな。ことここに至っては、人事部長のお出ましを願うしか」

楢崎の提案に、常務は即座に乗って社内電話を取り上げた。

「あー、早川君か。大川だが、さみ、今すぐ役員専用会議室に来てくれたまえ。その、あれだ、きみの得意なモノを持って、な。訓告処分が必要になった」

三十秒後、早川人事部長が息せき切って会議室に現れた。手には鞭や縄をひとまとめにしたものを持っている。

「早川君。この聞き分けの悪い跳ねっ返りの新人になんというか、組織の論理をわからせてやってくれたまえ」

早川は、目をきらりと光らせた。

「新島君。人事部長として聞いておきたい。君が働くのは腰掛けかね、それとも、ずっと仕事を続けるつもりなのか？」

麻衣は「なぎなた部」のある三国産業への正規採用を狙っている。

「続けます。いい加減な気持ちではありません」

「それなら組織人としての心構えが必要なんじゃないか。それを態度で示したまえ。さあ、服を脱ぎなさい。いやというなら、びりびりに引き裂くまでだぞ」

麻衣は仕方なくジャケットを取りブラウスを脱いで、下着姿になった。

無茶苦茶な理屈のように思えたが、武器を持った男には逆らえない。

「常務。この場合は……縛ったほうがいいですね」

人事部長の早川は、大川の返事を待たずに縄をほぐしてしごいた。それは商品管理部にある荷作り用の縄ではない。ケバケバを取り除き油を染みこませて入念な手入れをした、〝プレイ用〟の縄だ。

おしゃべりなスケベの多いこの会社にあって、不言実行の早川は異彩を放つ存在だ。彼は無言のまま麻衣の腕を捩《ね》じ上げると、すかさず後ろ手に縛りあげた。

麻衣は人事部長の底知れぬ異常性をかいま見たようで恐ろしく、一瞬、身が竦んでしまった。

それをいいことに、早川は彼女の股にも縄を通し、あっという間に亀甲縛《きっこうしば》りを完成させた。見事な縄さばきだ。昔、景気がよかった頃の三国産業に注文が殺到し発送が間に合わなくなりそうだった時、入社間もない彼が八面六臂《はちめんろっぴ》の活躍をし出世の糸口をつかんだという伝説は本当らしかった。

さらに早川は麻衣の足首も縛ってしまい、その縄尻をどうしようかと天井を見上げた。

「鴨居が欲しい……」

彼の目がロールスクリーンの巻き上げ部に止まった。資料をスライド映写するために備えつけられているものだ。彼は縄をスクリーンと天井の間に通して、ぐい、と引っ張った。

「きゃあ！」

麻衣の躰が宙吊りになった。

「おいおい早川君、スクリーンを壊すのはまずいぞ。業績が悪くて総務がうるさい。物損届けの伝票が落ちなかったらどうする」

「大丈夫です、壊れません。この子は背は高いですが、骨細で無駄な肉がまったくない。四十五キロくらいでしょう」

さすが人事部長、見る目が違うと言うべきか!?

麻衣は後ろ手に縛られた両手を、足首に縄で繋げられてしまったので、逆海老《えび》反《ぞ》りの形で吊られている。パンティとブラジャーだけの恥ずかしい姿だ。背筋が反りかえっているので、小さめのバストが大きく見える。股間も開かされて、パンティの布一枚に包まれた恥丘の盛り上がりが、思いきり強調されていた。

早川は、そんな彼女の躰に手をかけると、ぐいと肩を押した。一点で固定されている躰はぐるぐると回転しはじめた。

「ああっ！ や、やめて」

回りきると縄がよじれた反動で、その逆回転が始まる。

「ああああ。気持ち悪い……や、やめて！ やめてくださいっ！」

「じゃあ、素直に言うことをきくか？」

早川は慣れた口調で麻衣を追い詰めていく。趣味で毎晩ＳＭサロンに通いつめ、Ｍ嬢を女房にしたという噂のある早川だけのことはある。

何でも聞きます自由にしてください、と彼らの望むセリフをどうしても口にできない麻衣は、唇を嚙みしめた。

「まったく。強情な小娘だ。それじゃカラダに聞いてやる！」

早川は鮮やかな手つきで、鞭を一閃《いっせん》させた。

ぴしり、と乾いた音がして、麻衣の脇腹に命中した。

「！」

麻衣の躰が一瞬、さらに反りかえった。宙吊りにされている全身に無理な力がかかり、緊縛された手首足首に、ぎりぎりと縄が食い込む。

「あああ……い、痛い！　や、やめてくださいっ、ほどいて、降ろして！　お願いですっ！」

「いやダメだ。……おらおら！　億単位の大損だぞ。身売りでも何でもしてお返しします、というくらいの殊勝《しゅしょう》な気持ちがないのか、ええ？　このっ」

鞭がふたたび麻衣の脇腹を襲った。

「ひいっ！」

麻衣は苦痛の呻きをあげた。

鞭は次々に打ち降ろされ、太腿を襲い、臀部に回り、そして股間にまで炸裂した。

痛い。痛いのだが、なぜか、それだけではない。早川の鞭さばきがうまいので、派手な音は立てても、そこまでの痛みは響かない。打たれたところは赤くなるけれども、ミミズ腫《ば》れにはならない。

それどころか……痛さを感じるたびに、躰の芯が熱を帯びてくる。じわじわと全身が熱くなってくるのがわかった。これはもしかして……。

「ははは。見ろよ。こいつ、感じてきたんじゃないか。躰が火照ってきたぞ」

大川常務がこりゃ傑作、と笑いはじめた。

「……それに、これはなんだ。ええ？」

大川は麻衣の股間に手を伸ばし、股縄の食い込んだパンティの布を引っ張った。

「パンツに染みができてるぞ……ほら、もう……ぬるぬるじゃないか。ははは、君は、縛られて鞭でしばかれて、アソコを濡らしているんだよ」

大川は麻衣のパンティの股布の隙間から、指を入れてしきりに確かめている。

「なんだかんだと偉そうなこと言って、立派なマゾなんじゃないか、君は。それにしても気の強いマゾだねえ。楢崎営業部長、ちょっとそこのカッターを取ってくれないか」

楢崎は会議室備え付けのカッターナイフを大川常務に渡した。ほかにもガムテープや荷作りヒモも置いてあるが、それも何に使われていたのかわかったものではない。

「しかし……常務、いくらビーナス・スタッフからの派遣でも。……こんなことまでして大丈夫なんですかね」

「大丈夫だとも、楢崎君、きみにもビーナス・スタッフからの資料を回覧したはずだが、職業適性検査の結果は見なかったのかね」

「はあ、あのSATとかいうテストですか。アテになるんですかね、あんなのが」

「論より証拠だ。見ていたまえ」

カッターの刃を出した大川は、その刃先を麻衣の双の乳房の間に、ぴたりと押し当てた。

「やめて！　殺さないで！」

まさか、殺しはせんよ、と言いながら、大川常務はカッターをぐっと引いた。

麻衣の白いブラがすぱっと切れ、はらり、と両側に垂れ下がった。けっして大きくはない乳房だが、背中を反らせ、下からは重力で引っ張られているので、美しい紡錘形《ぼうすいけい》になっている。先端の、普段は愛らしいピンクの乳首が硬く立って紅味を帯びていた。

寒さのせいか、恐怖のせいか、はたまた感じていることの現れか。

ルビーのようなその乳首をつまみ上げた常務は太い指でこりこりとくじる一方で、麻衣の股間に通された縄にも手をかけた。何度も引っ張ったり緩めたりをしはじめた。

「あうん！　ああん……あはっ」

パンティ越しに秘裂に食い込んだ股縄が、ぐいぐいと容赦なく敏感な部分を締め上げてくる。デリケートな肉芽や秘唇が、食い込む縄の緊《きっ》い感触に、擦りあげられていく。

どうして？　どうして躰が熱くなってくるの？　こんな恥ずかしいことをされているのに？

もしかして私は……いいえ。そんなことないわ。私はマゾなんかじゃない。そんなケなんかカケラもないはず。なのに……。

麻衣は混乱していた。しかしその躰はほんのりと次第に紅く染まり、欲情していくのが傍目《はため》にも手にとるようにわかった。大川の手が下から持ち上げている乳房もしっとりとした汗を浮かべて、まるで吸いつくような感触だ。

麻衣の素肌に唯一残されたパンティの薄い布片には、股縄がぎりぎりまで食い込んでいる。股布の両脇がぷっくりと膨らんで、しとどに濡れたまばらな秘毛が覗いている。

まるで、熱く濡れた肉襞が、しっかりと縄を咥え込んでいるようだ。

その光景は、丸出し全開のヌードを見るより劣情を刺激した。

そして股縄が引っぱられ食い込むたびに、麻衣の腰は欲情に耐えかねたかのように、蠢き、煽情的《せんじようてき》にくねった。股縄とパンティの股布が食い込んだその部分は、染みだした愛液でもはや隠しようもなく濡れ光っていた。

「はっはっは。気分を出してきたな、こいつ！」

空気がひゅっと唸《うな》り、ふたたび早川の鞭が麻衣の尻たぶを襲った。

けれども、叩かれるたびにどうしようもなく、躰の芯が燃え立ってさせてしまう。

「ひっ。ひっ。あううう……」

麻衣は常務と人事部長の二人がかりで激しい責めを受け、悶えていた。

「いやあ、彼女、ああいうのが好きだったのか……ウソだと思ったが信頼性が高いんだな、あの適性検査は……」

亜希子のパンティを剝《は》ぎ取り、挿入しようとしていた楢崎も、思いがけず始まったSMショーに見惚れている。

「おれはどうも叩かれて悦ぶというのがわからないんだ」

そんなことを言いながらも楢崎は屹立した肉茎を亜希子の秘所にずぶりと突入させ、その勢いのまま思いきり突き上げた。

「ひいいい」

いきなり激しいピストンで責められた亜希子は悲鳴をあげた。鞭を使わないだけで、これじゃ似たようなものじゃない。そう思いつつ、それでも楢崎の手がブラ越しに乳房を鷲掴みにすると、全身の力が抜けていく。

一方、麻衣は、初めてのＳＭがもたらす衝撃的な感覚に、狼狽《ろうばい》しながらも溺れつつあった。

逆海老反りに吊られ、全身に鞭を浴び、固い股縄で繰り返し秘部を擦られ……こんなひどい、恥ずかしいことをされているというのに、なぜ、私は感じてしまうのだろう？　自分にマゾの気があるとは思ってもみなかっただけに、よけいショックだった。

「ひいいっ！」

常務が乳首に爪を立て、ギリギリとくじった。しかしその痛みさえすぐに、どうしようもない快感に変わった。乳首から、股縄の食い込んでいる部分に鋭い快感が伝わり、恥ずかしいところが、じゅん、とさらに蜜をたたえるのがわかる。

「そろそろこれも取ってしまおう」

麻衣に鞭を浴びせていた早川はようやく手を止め、カッターナイフを手に取った。

白いプレーンなパンティのウエストの部分、サイド、股布と、ところかまわず刃が入り、ズタズタにされてしまった。これで麻衣の躰は、食い込んだ股縄と秘唇の間に挟まれた、わずか数片の布を残すのみとなってしまった。

麻衣のウエストから尻たぶまでをしっかり覆っていたパンティが取り去られ、鞭と欲情に赤らんだヒップが現れた。早川人事部長はまずその感触を味わうように手を置いた。

「なかなかいい尻じゃないか。いかにも叩いてほしい、と悶えているみたいだな」

そう言うと、指の長い大きな手で、ばしん、と一撃を加えた。

「あはああっ！」

麻衣の躰がふたたび反り返った。スパンキングされたその痛みが、躰を突き抜けて脳に達する。しかしそれは、なぜか甘美な痺れに変わるのだ。

「この娘はボーイッシュだから、むしろ女王様の素養があると思っていたのだが……さすが人事部長だな」

麻衣の乳房を下から揉み上げ、乳首をくじりながら大川常務が言う。

「隠れた才能を見つけ出して伸ばしてやるのが、人事の仕事ですから」

早川はにこりともせず麻衣の尻を叩き続けた。

女体が興奮してくると、こんなにも全身から妖気のようなものを発散するのか。

大川は目の前のまだ若く、性的にもほとんど開発されていないような女が、妖艶なオーラを漂わせはじめたことにほとんど感動を覚えていた。

今の麻衣は、躰の線までが柔らかくなったようだ。女性だけが持つ曲線の美しさが、妖しいまでに際立っていた。これは、さっきまではほとんど感じられなかったものだ。見事なプロポーションだが、躰全体にどこか硬さが残っていた。

しかし今では白いうなじが動いただけでも、強烈な色気が発散される。大きくはない乳房が、縄に縛り上げられて深い谷間を作っている。

少女が急速に女になったような、なんとも言えない妖しい美しさを、今の麻衣は漂わせていた。

麻衣のきゅっと締まった腰からヒップには本来、ギリシア彫刻のような、聖らかな静的な美がある。しかしそれがいかにも切なげに蠢くと、同じ「セイ」でも今は性を感じさせる。

男を求めているかのようにくねる、そのほっそりした腰を見て、劣情を掻き立てられない者はいないだろう。

早川のスパンキングによってたわむ、尻たぶの量感。ヒップもけっして豊満ではないのに、急に熟したように見える。

そしてヒップから伸びる太腿のすらりと伸びやかな感じがまた、腰つきの妖艶さとは対照的な清潔感を醸し出しているのが不思議だ。麻衣のしなやかな脚は、あくまで健康的で溌剌《はつらつ》としている。

これがこの女体の隠し味か。この脚があるからこそ、妖艶さが際立っているのか。

大川は、感に堪えたように思って、麻衣の股間に顔を埋めたくなった。

この娘の柔襞を、秘唇を、肉芽を舌でふやけるほどに舐め上げて、そして思いっきり肉棒を突き入れたい、きっと信じられないほど鮮烈な感触が、おれの肉茎を包み込むだろう……。

「なあ。早川君。そろそろ縄を解いて、その、彼女を降ろしてくれんかね。床に寝かせて、なんというか、味を知りたいのだ」

「だめですな」

早川はニべもなく突っ撥ねた。

「この娘はこのままイカせてしまいましょう。自分にマゾの素質があるってことを、とことん思い知らせてやるのです。そのうえで、完全な性奴隷にしてやりましょう。ひひひ」

彼の目には狂気が宿っていた。

「昔、あの亜希子君にしたみたいに、執務中にデスクの下に入れてペニスをしゃぶらせ続けるのもいいじゃないですか。いやいや。裸にしてオフィスに置いとくのもいい。ギリシア彫刻みたいに綺麗なカラダですからな。ずっと立たせておくのです。少しでも動いたら業務命令違反ってことで……。仕事の合間にみんなで、乳なりアソコなりを弄ってやるというのも、オツじゃないですか……」

早川は、さあイッてしまえ！ と尻を叩きながら股縄をぐいぐいと引いた。

ひどい！ 私をオフィスの置物にしようとしている……けれども、そんなことまで聞かされているのに、いや、そんな自分を想像するだけで、未知の性感が麻衣を容赦なく翻弄していた。

セックスとは違う、ダイレクトな感覚が官能を支配している。言葉で嬲られ、スパンキングを受けるたびに、直接脳が刺激されて小さな爆発が起こる。

「ああ……イキそう……イッてしまいそう……ああっ、イクイクっ」

麻衣は宙吊りになったままがくがくと躰を揺り動かせて、ついに達してしまった。

「やっぱり……そうだったのか。新島君、君は真性のマゾだな」

大川は感嘆ともなんともつかぬ声をあげた。

麻衣は陶然と余韻にひたって、そんな常務の声も耳に入らないようだ。快感にかすみ、焦点を失った瞳が、あくまで妖艶に好きごころをそそる。

「な。早川君。もういいだろ。適性検査の結果も証明されて、これで気は済んだだろ。次は私の番だ」

常務は早川をせっついた。

しぶしぶ、という感じで人事部長は縄をロールスクリーンから外して、麻衣の躰を床に降ろした。

常務は、オアズケを食らっていた犬のように猛然と麻衣に飛びかかると、いきり立った男根を麻衣の恥腔に押し当てた。そのものは先刻より萎《な》える気配もなく屹立し続けている。

ぼろぼろになったパンティの布切れが残るままの交情は、まさにレイプそのものので、いやがうえにも常務の興奮をそそるようだった。

強姦でも女が頑強に抵抗すると萎えてしまったりするが、今の麻衣はアクメの後でぐったりしている。花芯はとろとろに濡れそぼり、躰は欲情に火照り、むせかえるような官能を発散し続けている。

　硬さを残した恥肉は、まだ多少の未熟さを感じさせる。しかしそれだけに締まり具合は鮮烈だ。フレッシュな媚肉の感触がなんともいえず素晴らしい。

　これは……成熟した女では、けっして味わえないものだ。大川は夢中になって腰を使った。

　麻衣はといえば、官能の余韻さめやらぬまま中に入ってきたペニスの心地よさに、知らずしらず両手を常務の背中に回していた。

「ああ、いい。いいわ……」

　その艶《なま》めかしい声に、大川はますます張り切り武者震いをしてグラインドに移った。

　興奮のためかエンジン全開だ。ひさびさに百パーセントの硬度を示すペニスは、麻衣の媚肉をぐいぐいと、あます所なくなぞっていった。

「ああ。あはあ。ああん」

　麻衣はすっかり女の官能に目ざめてしまったのか、あられもなく悶えてよがり声をあげた。

「いいか。そんなにいいか。鞭と俺のペニスとどっちがいい?」

常務は汗を彼女の腹に滴らせつつ聞いた。もしペニスというなら、今の愛人を放り出してこの麻衣を後釜に据えよう……。

「あはっ！　うん……どっちって……選べない。どっちもいいから……はああん」

早川は、さてどうしたものかと立ち尽くしている。

「あの、人事部長。もしよかったら、僕の後、どうです？　間もなく終わりますから」

楢崎が気を使って彼に声をかけた。

亜希子も今や下半身を刺し貫かれ、上半身もすべてはだけられて、楢崎の手が美乳を摑み上げている。

「……いや、私は結構です。あんまり挿入ということに興味がないので」

さしたる用もなかりせばこれに御免、と早川は出ていった。

「うむ。彼は我が社にはなくてはならない有能な人材だな」

大川常務は、はふはふと息を弾ませながら腰を使っている。

麻衣の媚肉は、行為を続ければ続けるほど濡れそぼり、柔らかくなって、大川の分身を包み込み締めつけてくる。ツルリとした襞なし女もいるが、麻衣の恥裂は内部に複雑な肉襞が入り組んでいて、しかもそれが別の生き物のように蠢き、いっせいに彼の亀頭に絡みついてくるのだ。

まるで舌が十本ほどある女にフェラチオされているような……とまで言うとオーバーだろうが、今の大川にはまさにそう思えるほどの快感が伝わってきて、彼はすっかり麻衣の肉襞に魅了されていた。

「あああ。出てしまう。終わってしまうよ！」

もっと続けたいが、迫り来るオーガズムには勝てない。

びくびくっと肉茎を蠢動させると、常務はついに熱い粘液を噴出させた。

「あふっ。うー……。息があがる。これで今日はもう仕事にならんな……」

麻衣の上で、しばし死んだようになっていた常務は、やがて軽いイビキをかきはじめた。

「大川常務！　まさか脳溢血《のういっけつ》じゃあ」

こちらもラストスパートをかけていた楢崎は、弾かれたように立ち上がった。

彼も絶頂寸前だが、上司の命には代えられない。亜希子から身を離した拍子に、射出した白濁液が弧を描いて宙を飛んだ。

「常務！　大丈夫ですか」

営業部長に揺さぶられて、彼は快い眠りから目覚めた。

「うむ……どうも老いを感じるな……。この前まで一回戦やっても平気だったのに」

ホッとした楢崎は、充満したセックスの匂いを散らすために、役員会議室の窓を開けた。

「常務……。社長のところに報告に行かねばなりませんが」

そうだったなあ、と大川は起き上がった。

「久野君に新島君。これを今回の件の処分とするが、責任は、よーく自覚しておきたまえよ」

大川と楢崎は努めて厳しい顔を作ろうとするのだが、どうにも頬が緩んできてしまう。

「ああ、楢崎君、君は、こっちの若いのを試さなくてもいいのかね」

「いや……いずれたっぷりと愉しめるでしょうから」

そうだな、と言いながら二人の男は身繕いをすると、「後を片づけておきたまえ」と言い置いて会議室を出ていった。

亜希子には、今回の件の全貌が見えてきた。

上層部は別に私たちに何も期待していなかったのだ。ただ、私が社歴が長くなって、以前のように気軽に声をかけて抱けなくなってきたものだから、そして業績不振でビーナス・スタッフの〝福利厚生〟を役員が利用しにくくなったから、その口実を作ったのだ。ポストを与えてわざと失敗させて、それをネタに抱く……。

もっと正直になればいいのに、どうして男って体裁を繕いたがるのかしら、と亜希子は思いながら躰を起こした。

ぐったりしたまま倒れ伏している麻衣の裸身が目に入った。

……私はいいけど、巻き添えになったこの娘が可愛そう。島のような、あんな男に好きなようにされて、そのうえ……。いまどき珍しい一生懸命な子なのに取引先にも上司にも裏切られて、どんなにか傷ついてしまったことだろうか。

それもこれも皆、私がきちんと説明しなかったせいなのだわ……。

亜希子は心から申し訳ないと思い、麻衣ににじり寄った。

「ねえ……大丈夫？」

亜希子はいたわるように麻衣の肩を抱いた。昔テレビの洋画劇場で見たソフィア・ローレンとジャン＝ポール・ベルモンド主演のイタリア映画で、凌辱された母子が抱き合って泣く場面があったが、それを亜希子は思い出していた。さぞや麻衣は悲しかろう……。

亜希子に抱き起こされた麻衣は、そのまま彼女の胸に顔を埋めた。

「ごめんなさいね……私、全然あなたを守ってあげられなくて……」

麻衣が顔を上げた。当然肩を震わせ、どっと涙にかきくれて、と亜希子は覚悟した。ところが、意外や、亜希子を見上げた麻衣は、バツが悪そうに笑っているではないか。

「えへへ……イッちゃった……すっごく気持ちよかった……」

一体どこまでタフなのか？　この打たれ強さは並みではない。

「先輩、なんだか私、イケナイ女になってしまいそうです……」

恥ずかしそうに笑うと、さり気なく、ほんとうにごくさり気なく、麻衣は亜希子の胸に指を這《は》わせてきた。亜希子もまだ裸同然だ。

「まだ……物足りないなあ」

麻衣はそのまま亜希子の乳房をゆっくりと揉み上げながら、指先で乳首を転がした。もう一本の手も脇腹や腰のあたりを丹念に撫ではじめている。

「ちょっとあなた、新島さん……はあああん……」

亜希子の口からも期せずして甘い声が出てしまった。途中で抜き取られてしまった楢崎とのセックスではイケなくて、その不満が残り火のように燻《くすぶ》っていたのだ。

そんな亜希子の反応を確かめると、麻衣は指で乳房を揉みながら、自分の胸を擦りつけてきた。そのままどんどん体重を預けてくる。立場が逆転して、麻衣が亜希子にのしかかるような形で、二人は床に倒れ込んだ。

コリコリした麻衣の乳首が、微妙なタッチで亜希子の躰を滑っていく。

その動きに合わせるように、まだ濡れている麻衣の秘毛も亜希子の内腿に触れた。

「あ。ダメよ……こんなことの後なのに……」

「だからいいんじゃないですか……」

麻衣としては、愛情のある行為とない行為を比べてみたいという気持ちがあった。どちらも同じように気持ちよければ、どんどん遊んじゃおうかなーという気にもなっていたのだ。

麻衣はだんだん躰を下にずらし、舌を亜希子の下腹部に這わせはじめた。

敏感になっている小陰唇に、麻衣の舌先の柔らかな感触を感じて、亜希子の背筋に電気が走った。

「はうっ……」

「女のカラダはやっぱり女がいちばんよく知ってる、って感じですか？　それとも、男とやったほうが気持ちいいですか？　私は好きです。女のヒトのカラダって……」

亜希子はいつしかぐったりと全身から力を抜いていた。

麻衣の指が、亜希子の秘裂を優しく広げていった。

ああ、この娘は……想像以上に……何も教えていないのに……こんなことなら最初から説明しておくべきだったか……。

亜希子はホッとして、しかしこれでいいのだろうかとも思い、つねに予測を上回る麻衣の反応に一抹の不安を抱いていた。

とはいうものの愛撫に身を任せるうち、亜希子の躰には切ないような興奮が湧いてきて、花芯の奥が熱くなり、愛液がじゅんと湧いてくるのがわかった。

「はあっ！」

亜希子の両腿の間で麻衣の頭が動いている。柔らかな唇が、舌が、亜希子の最も敏感な部分を、いきなり優しく包み込んだ。亜希子は思わず麻衣の艶々したストレートの髪に指をすべらせて、その頭をしっかりと抱え込んでしまった。

麻衣はさらにいっそう亜希子の秘唇に顔を押し当ててきた。ちゅっちゅっと音を立てて、しっかりと吸い続けている。喉を鳴らして美味しそうにミルクを飲む猫のようだ。

ああ、なんて気持ちがいいの。この子は……巧いわ。レズだって、まだ二度目のはずなのに、こんなに上手になってしまって……。男の人とのセックスでも、あんなに感じるようになったし……。

亜希子は、ようやく麻衣の〝素質〟というものに思い至った。どんな女でもセックスに対していきなりオープンになれるものではない。亜希子にしても〝解《げ》脱《だつ》〟したのはさんざん抵抗し、恥ずかしい目にあったあげくの社員旅行の席だった。しかし麻衣は早い。麻衣の世代は亜希子たちから見ればかなり理解しがたいということもあるけれど、短期間でここまでのレベルに到達するのはタダごとではない。

このパワーは……たとえばビーナス・スタッフの先輩で今は管理部門にいる由里子。亜希子が派遣される前に三国産業の男子社員をほぼ全員食ったという由里子と比べてさえ、遜色がないように思われた。

「麻衣ちゃん……ダメ……そんなこと……本当にどうにかなってしまうわ」

「どうにかなっちゃいましょう、この際」

亜希子のクリットは麻衣の舌に嬲られて、あっという間に膨らんでいた。麻衣の手指や、柔らかい頰、滑らかな髪の毛の感触も手伝って、とても敏感になってしまっている。舌先でつんつん、と転がされただけで秘芯から、波動のようなものが全身に広がっていく。

麻衣は片方の手を亜希子の胸にも伸ばし、その指は、なおも亜希子の乳首を執拗につまみ、くじっていた。

「あっ、あっ、ああああーっ！」

亜希子は麻衣の手練手管《てれんてくだ》に完全に参って、もはやなすがままだった。

麻衣も亜希子の切なげな、いかにも熟れきった性感を想像させるその声に、同じ女ながらぞくぞくしていた。……そうか、こういう声が聞きたくて、オヤジどもは頑張るんだろうなあ、腹上死覚悟で……。

そんなことを思うと麻衣はますます攻撃的、いや、ほとんど嗜虐の気分に駆られて、亜希子のぷっくり膨らんだ淫唇に舌を這わせた。そして肉芽への愛撫を、いっそう強くしていった。さらに指を乳房から離して、両手で亜希子の秘裂を左右に思いきり押し広げてみた。

これで欲情のあまり膨らみきっている、亜希子のクリトリスが剝き出しになってしまった。

「いや……恥ずかしいわ……」

年下の麻衣に秘所をしげしげと眺められる恥ずかしさ、そして包皮を剝かれた肉芽が、ダイレクトに舌でくすぐられる感触に、亜希子は一気に追い込まれていった。躰の奥深くから熱いものが込み上げてきて、じんじん痺れる感覚が全身を包んだ。

麻衣の歯が秘唇を軽く嚙んだ時、スパークするような強烈な電流が、亜希子の脳天に抜けた。

「はあっ！　い、いいい……」

すかさず麻衣は指を亜希子の秘腔に差し入れた。人差し指と中指で彼女の秘奥を搔き乱しながら、親指ではクリトリスをぐりぐりと押し潰し捏ね上げていく。

「い。いやあああああん！」

亜希子は少女のような声をあげ、背中をのけ反らせてのたうった。麻衣が彼女のGスポットを探りあて、そこを強く擦り上げているからだ。

「はあああん……そ、そこよ。ああ、おかしくなりそうっ！」

「感じやすいんですね、先輩。もう、凄くなってますよ、ここ……」

指を動かしながら、麻衣はキスをしてきた。舌がペニスのように亜希子の口に入ってきて、ねっとり舌と舌が絡み合った。

この二人の姿を見る者は、誰でもその妖しい官能に痺れることだろう。実は、役員会議室から追い出された三田村課長と中井が、こんなことだろうと思って廊下を行き来しており、タイミングを計りながら鍵穴から覗き見をしていた。

「くそ……やりてえなあ！」

「課長はフィアンセの千晶さんとやればいいじゃないっすか」

「バカモノ。あいつがそう簡単にやらせてくれると思うのか？　出し惜しみの名人なんだぞ、あいつは」

そんなことを言いながら彼らの股間は痛いほど膨らみきっていた。

覗かれているとも知らず、麻衣と亜希子のレズはクライマックスを迎えようとしていた。

麻衣は指の動きをさらに激しくさせて、亜希子を絶頂に追い込んでいった。

年下の新人ＯＬに、それも部下なのに……おまけに就業時間中……とかすかに思いつつ、亜希子ももうどうにもならなかった。すでに官能のスイッチは入っているのだし、麻衣にじわじわと嬲られて、その性感は限界まで昂まっていた。

……ああ、恥ずかしいことだけど、先輩としてしめしがつかないけれど、もう、思いきりイッてしまいたい。

「い、い、い、イキそう……」

麻衣に指を入れられている女芯から、全身に溶けるような灼熱の感覚が、ずんずんと広がっていった。背筋を電気が絶え間なく駆け昇り、頭の中で放電している。

「先輩、すごい！　そんなに気持ちいいですか？　……じゃ、これはどうです？」

麻衣の指が、亜希子のGスポットをとらえた。さらに肉襞の内と外から、肉芽とGスポットをまるで挟むように摑んで、乱暴と思えるほどに強く揺さぶり動かした、その時。

「あああーっイクっ！　イクぅ！」

亜希子の全身はコントロール不能になって暴走し、まるで感電したように激しく、がくがくと痙攣した。

やがて嵐のような絶頂が過ぎ去り、ぐったりと身をゆだねている亜希子の躰を、麻衣はいかにもいとおしそうに愛撫していた。ほんのりと汗ばみ、手のひらに吸いついてくるような太腿や滑らかに引き締まった脇腹、たわわな白い乳房を、麻衣の長い指がゆっくり撫でている。先輩と新人という立場は完全に逆転していた。

亜希子はやがて顔を上げ、潤んだ目で麻衣を見た。

「麻衣ちゃん……どうしてこんな……」

「だって……先輩が好きだから」

麻衣には、亜希子を愛撫してイカせたことで、ある考えがまとまりつつあった。

「じゃ、服を着ましょう。先輩、私、ちょっと外に出てきます」

「どこに行くの？　警察に訴えても、ムダよ」

「やだ。そんなことしませんよ」

麻衣は、亜希子に甘いキスをして、微笑んだ。

大手町にある超一流のオフィスビル。ここにビーナス・スタッフの本社がある。

麻衣がここに来るのは入社試験に合格し、配属前の簡単なレクチャーを受けて以来だ。

「あら、新島さん。どう？　元気でやってる？」

きりりとしたビジネススーツがよく似合う管理部門の由里子が、魅力的な笑みを浮かべてカウンセリング・ルームに現れた。ここは配属した派遣社員のアフターケアをしたり相談を受けるための部屋だ。

麻衣は知らないが、亜希子と同じく三国産業に派遣されていた頃の由里子は、見るからに性欲剝き出しのイケイケ女だった。一流ブランドのスーツを着こなした現在の姿からは想像もつかないことだが、巨乳を強調するためにわざとワンサイズ小さいブラウスを着ていたり、そこからシースルーできついカットの小さなブラが透けて見えるなどは当たり前の格好で出社していたのだ。

目鼻立ちがくっきりとした派手な美貌は今も変わらない。すらりと形のいい鼻と、黒目がちの大きな目がアクセントになっているその顔は華やかで、今でも微笑むと、どことなく淫乱《いんらん》そうな笑顔になる。しかし麻衣は、そんな由里子の過去は知らない。今の彼女は、現場を退いて本社の管理部門で新人育成とそのフォローに回っているのだ。

麻衣は、三国産業で体験した、信じられない出来事のあれこれをすべてぶちまけた。

先輩の亜希子が誰かれ構わずセックスの相手をしているらしいこと、しかも亜希子も相手の男もそれが当然のような顔だったり、私にまで同じことをしろと暗に求めてきたり……あげくの果てには業界でも札つきの変態の接待を強要されて、とんでもない行為をされてしまったこと、さらにそれが破約になって、今度は三国産業の役員たちから、とても口にはできないような〝折檻〟まで受けてしまったこと……。

「こんなことが、現代日本であっていいものですか！　女子社員なんかは、私たちが派遣だというだけで露骨な差別や嫌がらせをしてくるんですよ。派遣社員が偏見の目で見られるってことは聞いてはいましたが、ここまで来るともう異常です常軌を逸してます公序良俗に反します！」

麻衣は、自分がだんだんとそういう行為に慣れてきて、今では快感すら感じてしまっていることは伏せて、由里子にまくしたてた。

「……困ったわねえ……じゃあ亜希子さんはあなたに、何も教えてなかったのね」

それまで黙って麻衣の訴えを聞いていた由里子が、ため息をついた。

「いろいろ教えてくれるように頼んでおいたのに。まあ、亜希子さんは前から、おっとりしてるというか、抜けてるというか、肝心なところでトロいというか、そういうところがあったし……私たち本社サイドも、あなたに充分な研修もせず送り出してしまったことは申し訳ないと思ってるわ」

……ではきちんとお話ししましょう、と由里子はビーナス・スタッフとはどんな派遣会社か、の説明を始めた。ビーナス・スタッフは派遣先の社員のセックス処理をも受け持ち、企業の士気を高めて業績をアップさせる「裏業務」を本領とする組織なのよ……。

「で、今回の件ね。派遣先のお得意様に関してだけど、基本的には現場の判断に任せているわ。ビーナス・スタッフが契約しているのは三国産業だけど、派遣先にプラスになると判断されれば、それは業務の範囲内なの。柔軟に対処していいのよ」

ただの派遣会社だと思って入社したビーナス・スタッフの実態を今にして知った麻衣はショックを受けた。

「そ、そんなむちゃくちゃな……。仕事は頭でするものでしょう。躰を使うだなんて」

「なにを言ってるの。仕事こそ躰を使うものよ。建設現場だってテレビのスタジオだってビジネスマンだって、みんな汗かいて動きまわってるじゃないの。頭だけ使う仕事なんて、この世にないのよ」

「でも……アソコを使うのは、また別の……」

「アソコを使うのは水商売だけだと考えるのは、あなた、視野が狭いわ」

由里子はやんわりと、しかし言い切った。

「なぜアソコだけが特別なの？　みんな大事なものを切り売りして、必死に生きているわよ。ある人にとってそれはプライドだし、ある人には時間かもしれない。でも、何も『売り』のない人間よりはいいの。いい？　社会人になるってことは、自分に値段がつくかどうか、売れるかどうかなのよ」

由里子の論理は強引なような気もしたが、経験に裏打ちされた自信に満ちて話すその言葉には、大いなる迫力があった。

「すべてのお仕事は売春、でもそれだけではダメ。一流にはなれないわ。すべてのお仕事は愛、でもあるのよ」

同じ言葉でも、島部長に言われるよりはずっと説得力がある。

とにかく、と由里子は話を締めくくった。

「芸能界では日常茶飯事。男だって契約のためにオカマを掘られる時代なんだから、あなたもそんなことでガタガタ言わないの！　要は、誰かにさせられてる、とか、いやがる私を無理やり男たちが犯していくの、みたいな被害者意識を棄てることね。セックスを愉しみ仕事も愉しむ、世の中愉快なことだらけだと思えば、こんな楽しい会社ライフもないと思わない？」

せっかくだから、と由里子は三国産業時代のあれこれを麻衣に話して聞かせた。

男子トイレで毎日それこそグロス単位でフェラチオしてあげたこと、昼休みの会議室で一度に五人の相手をしてやったこと、残業中、廊下で激しいセックスをしてビル全体に嬌声が響き渡ったこと、重役と仮眠室でじっくり（時間をかけなければ彼は使いものにならなかった）お手合わせをしたこと……。

「でも、なんといっても思い出に残っているのはやっぱり亜希子さんのことよね。特に三国産業の慰安旅行。彼女、あれでこの仕事に目ざめたのよ……」

由里子は、亜希子が社内旅行の宴会で大広間の舞台に上げられて寄ってたかってバイブ責めされ、アヌスにも入れられて激しいアクメに達し、その後剃毛《ていもう》されてつるつるマ×コになり、そんな亜希子に男たちは列を作ってお手合わせを願い……といった一部始終を麻衣に語って聞かせた。

麻衣の目が点になっているのもお構いなしに、由里子はいかにも楽しそうに話している。今はシャープなキャリアウーマンになっている彼女も、かつては現場で鳴らし、凄腕を振るった、淫乱この上ないイケイケＯＬ時代が懐かしいらしかった。

「そうそう。ここに亜希子さんが社内報に書いた慰安旅行の感想文があるわ。面白いから読んでみるわね」

彼女は「三国タイムズ」という社内報を取り出すと、「慰安旅行で新しい世界を知った私」というレディコミにでも載っていそうな記事を読みあげはじめた。

「……そしてその時、三田村さんが私にイチジク浣腸をしたのです。『本当はガラスのデカいのでヤリたかったんだけど……旅先だから仕方ないか』、と三田村さんは言いました。『ああ、人前で、それだけは……』と私は言ったのですが聞いてくれません」

この三田村ってのはね、と由里子は説明した。今課長になってるけど、昔は実家が地方の金持ちだってことをエサに女の子を食いまくってたの。バチが当たって家が没落したと思ったら、今度は金持ちの娘と婚約して逆玉を狙ってるんですってね……。

「じゃ続きを読むわね……私の直腸に冷たい溶液が奔流のように流れ込みました。その上、お手洗いに行きたい私を無視して余興に呼んだダンサーを連れてきて、便意に苦しむ私にランバダを踊れと強要するのです……。あ、この『ランバダを踊るダンサー』は沙祐美《さゆみ》さんと言ってね、ウチの新人研修を受けたんだけど逃亡してラスベガスに修行に行ったヒトよ」

随時解説を加えながら由里子は感想文を読み進んだ。

……私は哀願しました。「う、動かさないで……お腹が堪らないんです……」。けれども、ダンサーの沙祐美さんは私の腰を持ってゆさゆさと揺さぶるのです。「なに言ってるの。さ、リズムに合わせてお尻を動かすのよっ！」すでに我慢の限界に来ていた私は、無理に動かされて気が遠くなりそうでした。そうすると、三田村さんともう一人の男性が私を舞台から降ろし、宴会席を連れ回しはじめたのです。「うわあ！　やめてくれ！　こっちに来るな！」社員のみなさんは恐怖に顔を引き攣《つ》らせて逃げ惑いました。当然です。私はもう一触即発の爆弾なのですから。でも二人は、私のお尻をみんなに向けたり足を広げさせたりしました。そうです。私は人間ロシアンルーレットと化していたのです。

もう、羞恥《しゅうち》で気が遠くなるようでしたが、あまりにもみんなが恐れおののいて逃げ惑うので、なんだか自分が凄いパワーを持ったような、痛快な感じがしてきました。なにしろ、社長も専務もびびって腰が引けているのです。日頃、こんな光景を見られるでしょうか。「はうっ！　こ、これ以上歩かせないで……もう、もうダメ……」「馬鹿者！　ここで粗相などするんじゃないぞ！　宴会場の畳の上なんだからな！」「も、もうダメ……トイレまで歩けない……もう、どうなってもいい」

「ここでするしかないな……」と、総務の川添《かわぞえ》さんが言い、大広間の窓を開けました。開け放たれた窓からは清流の轟々という音が聞こえてきました。この大広間は、川の上に張り出すようにして作られているから、窓の下には川の流れがあったのです。

「窓から尻を突き出してクソを垂れるんだ。これぞ天然の水洗トイレだ」

こんなところで……と思ったのですが、彼の手が私の内腿に触れた瞬間、私はびっくりして肛門の括約筋の力を少し抜いてしまいました。

びびび、という絹を切り裂くような音がして、私のお尻からはおびただしいものが放射されてしまいました。下の露天風呂に入っているお客さんには、宴会場の窓から突き出された私の白いお尻から、おびただしい量のものが放物線を描いて、水面に落下していくのが見えたことでしょう。

「……私は、なんだか生まれ変わったような、とても爽快な気分になっていました。その後、皆さんが私の躰のすべてを使って楽しんでくれたことも、この旅行の素晴らしい思い出です。営業第三課、久野亜希子（派遣）……とまあ、こういうことなのよ」

読み終わった由里子は、麻衣を見た。麻衣は、あまりのことにあっけにとられて口をポカンと開けている。

「どう？　ショックだった？」

「いえ、その、なんというか……はあ、そういうことだったんですか……」

麻衣は、こういう経緯があって亜希子はオープンな女になったのだな、と理解できた。そして、自分もその境地に近づきつつあることも。

由里子は、そんな麻衣を観察しながらニンマリした。

「やっぱり我が社が開発したSATは正確だったわ」

「SATって？　それならアメリカの大学進学適性検査のことでしょう？」

アメリカ留学も考えたことのある麻衣は、当然の疑問を口にした。

「違うわよ。ウチのSATは、Sex Aptitude Testなの。SはSでもセックスのS。あなたのセックスの適性を検査したのよ。その結果、新島さん、あなたはじつはセックスが大好きで変態性欲にも親和性が高く、ボーイッシュな外見に似合わず本来マゾヒスティックな志向が優位である、という判定が出たの。……まあそうでなきゃ、とっくに三国産業を辞めるか告訴してたわよね」

由里子はさらりと言ってのけた。

「ほら。入社試験の時に受けたでしょう。この性格検査」

彼女は書類フォルダーから数枚の回答用紙を取り出して、麻衣の前に置いた。すべてイエス・ノーで答えるマークシート式のものだ。

◎電車の中で子供が泣いていると殴りつけたくなる。
◎革製品の匂いが好きだ。
◎ときどき道を歩いている猫を蹴飛ばしたくなる。
◎下痢をしてトイレに入った時、言いようのない幸福感に包まれる。
◎和服を着て帯をキュッと締めるのが好きだ。
◎料理は見た目も大切だと思う。とくにバナナ・さゅうり・ソーヤージ。
◎壁に穴が開いていると、何か差し込んでみたくなる。
◎福笑いの時、目隠しをするとゾクゾクする。

◎墓参りで、ローソクを忘れたことがない。
◎小学校の時、背中に毛虫を入れられた、その感触が忘れられない。
「ほら。あなたこれにみんなイエスと答えたでしょう。で……新島さんの判定結果は」

由里子はファイルを探した。

「ああ、あったあった。やっぱりあなたはマゾ。それもただイジメられるんじゃなくて、思いっきり、擦り切れるほどセックスもしたいっていう、淫乱複合型マゾね」

これがマンガなら顔にタテ線が入り、タラリ、と汗が流れるところだ。が～んという耳鳴りまでが聞こえてきそうだ。麻衣はショックを受けていた。

私が……淫乱の、マゾ？

「まあそれにしても、説明もなしで今日まで勤めたあなたはえらいわ。並みの女にはできないことよ。さすがスポーツで根性を鍛えられた人だけのことはあるわ。世の中、体育会系の人気が高いらしいけど、たしかにあなたのような人材がいる限り、それもうなずけるわ」

由里子がわけのわからない褒め方をしてくれたところで、麻衣はようやく今日ここに来た本来の目的を思い出した。

「そんなに悠長に構えてる場合じゃないんです。とにかく、取り引き先の島部長のやり口に腹が立つんです。これで成約だ、なんてウソをついて……それに、それを口実に私たちを折檻した大川常務とか楢崎営業部長のやり方も気に入りません。汚いです。腐ってます。ああいうのって一番嫌いです。私とヤリたいのなら堂々と、私の前に立ちはだかればいいのに！」

まるで姿三四郎のようなことを麻衣は言った。

「とにかくなんとしても取り引きを成立させたいんです。みんなを見返してやりたい！」

「わかったわ。接待のやり方にクレームがついたのなら、これはビーナス・スタッフの評価にも関わる問題ね。今ウチじゃ営業専門職の派遣も検討してるから……。至急、救援部隊を差し向けましょう。こうなったらオールスター・キャストでいくわ。それでどう？　納得してもらえるわよね？」

由里子と麻衣は固い握手を交わした。

第五章　肉襞営業部隊

さらにその翌日。

出社してきた麻衣が羽織っていたコートをさっと脱いだ姿を見て、社員一同は目を疑った。

彼女が着ている服は、ちょっと見にはＯＬのビジネス・スーツのように見える。しかし深く切れ込んだジャケットの胸元からは素肌が覗いていた。バストの谷間が全部見え、明らかにノーブラだ。下も、これもノーパンだとすればヘアまで見えそうな、ぴちぴちの超ミニにナマ足だ。

ということは、これは例のピンクサロン『桃色ＯＬ倶楽部・社長秘書室』の制服ではないか！

「き、君。どうしたんだその格好は！」

三田村は驚いた。麻衣目当てで、朝から用もないのにやってきていた大川常務に楢崎営業部長、そして早川人事部長も驚いた。

「新島君！　そんな……社内の風紀を乱すような服装は困る。なあ早川君」

楢崎は同意を求めるように人事部長を見た。

「なーにを言ってるんですか、いまさら。この際本音でいきましょう！」

麻衣は昨夜、ビーナス・スタッフ本社を辞去した足で北千住に向かい、例の店に行って制服をゲットしてきたのだという。

「ちょうど辞める辞めないで大騒ぎしてたホステスがいて、彼女よっぽど頭にきてたらしくてその場で制服を脱いで素っ裸になると更衣室に行っちゃったの。で、私はその抜け殻を貰ってきたってワケ」

しかしそんなヤケッパチな、と管理職たちは腰が引けながら麻衣を遠巻きにして見ている。

亜希子も、このだしぬけの麻衣の変化が心配だった。

「大丈夫？　あなた、どこかで頭ぶつけたんじゃないの」

「いーえ。昨日、ビーナス・スタッフの本社に行って、由里子さんに逢ってきたんです」

あ。なるほど。

その一言で亜希子は納得した。自分が言おうとしてなかなか言えなかった業務の説明を、由里子が全部してくれたに違いない。

亜希子たちの新規事業開発プロジェクトは一夜のうちに廃止され、麻衣もふたたび三田村課長の配下に戻っている。

「さ、課長。お触りしたかったら、どうぞご遠慮なく」

麻衣はそのノーブラの胸を三田村に向けて突き出した。短めのボディコン・ジャケットの裾から、可愛いおヘソがポロリとこぼれて見える。

「なんだ、朝っぱらから」

三田村は困った。

「あ〜ら、三田村課長。午後とか夜ならいいんですか」

三田村の婚約者で性格最悪のイビリOL・千晶が見透かすように言った。

「いや。そういうことじゃない」

三田村は顔を赤らめたが、今度は麻衣が黙ってはいない。

「あれえ。課長、どうしたんですかあ？　別人みたいにカッコつけちゃって、このこの」

と言いながら彼の手をとるとノーブラの胸元に引き込んだ。

「わ」

こういう時、男はどうもだらしがない。女が攻撃的になると逃げ腰になってしまうのは何かの本能なのだろうか？　三田村も麻衣の乳房に触れた瞬間、感電したように躰を硬直させると物凄い勢いで手を引っ込めた。哀れなことにハアハアと肩で息をしている。

「あらあ。どうしたんでしょうねえ。この前あんなにいきり立ってたのに。ウッソみた～い。あ、人事部長！」

麻衣は早川を見つけるとつかつかと歩み寄った。

虚を突かれた早川はその場に棒立ちになってしまった。

「昨日は縛っていただきましてどうも。どうですか？　今日は最後まで」

「いや。私は前にも言ったように、挿入に興味はない。失礼する」

彼もバツが悪そうに立ち去った。

麻衣の躰目当てで営業三課に顔を出していた大川常務と楢崎も、このままではどう血祭りに上げられるかわかったものではないので、はや逃げ腰になっている。

「あらあら。今日は皆さん、ずいぶんと禁欲的なんですねー」

麻衣はゆっくりと自分の席に腰をおろし、これ見よがしに高々と脚を組んだ。超ミニがいっそうたくし上がって、太腿が全部露出している。尻たぶまで見えそうな勢いだ。

「あ、中井君。この書類、どうするの？」

突然、麻衣は真後ろで背中合わせに座っている中井にくるりと振り向いた。

「わ」

麻衣を見た中井も驚いて椅子から落ちそうになった。回転椅子に座った麻衣のノーパンの股間が丸出しで、その翳りも蛍光灯に照らされてクリアに見えた。

「あ、あ、あの。パンツぐらい穿いたほうが」

「あらそう？　こういうのが皆さんのお好みかと思ったんだけどなあ」

麻衣は、さも意外そうに首を傾げた。

ちょっとちょっと、と三田村課長が亜希子を小声で手招きした。

「新島君は一体どうしちゃったんだ。君がいろいろ諭《さと》したのかい？」

「いえ。本社の由里子さんにアドバイスされたんじゃないかと」

それを聞いて彼は何も言えなくなった。過去の「悪行」のあれこれを麻衣にすべて知られてしまったのか。

「あ、営業部長！」

麻衣が楢崎に声をかけた。彼は退散しようとしたのだが、彼女のへァ見たさについ足を止めてしまったのだ。

「ななな、なんですか」

「今夜、権堂商事の島サンをもう一度接待したいんですけど、どうですか？」

麻衣は立ち上がると楢崎の前に立ち、バストの下で両腕を組んだ。ボディコンで強調された胸の膨らみが持ち上がり、素肌が覗く深いV字型の切れ込みに、はっきりバストの谷間が現れた。

「どうですかって、君。一度完全に断られた相手になにを――」

楢崎は目のやり場に困り、しきりに汗を拭いている。

「あら。ど根性ドラマでは相手がＯＫするまで、周りに迷惑をかけようが混乱を起こそうが座り込みまでして契約取るじゃないですか。そういうのがエライんでしょ？……あ、営業部長、ハンカチ落ちましたけど」

麻衣が身をかがめ楢崎の落としたハンカチを拾ってやると、部内の全員がおーっ、とどよめいた。わざと膝を曲げずヒップを突き出すような姿勢を取ったので、何もつけていない秘所が派手に〝ご開帳〟される結果になったからだ。見事に丸出しになったその肉唇はむんむんとセックスの匂いを発散している。

「いやすまん。そうだな、ちょっと私は用事があるもので……まあとりあえず先方にアポを取ってみたまえ。では」

檜崎も完全に腰が引けてしまっている。

「わかりました。じゃあ早速手配してみます」

麻衣は、亜希子に相談するでもなく電話をかけ、勝手に段取りを始めた。

「もしもし。わたくし、三国産業の新島と申しますが、島部長を……え？ 取り次げない？ ではこうお伝えください。先日御教示いただいたGスポットの件ですが、当方としても誠に画期的な新分野であると判断しましたので、ぜひ今一度島部長にお願いしたいと。あ、メモを取ってくださいね。お手数ですが復唱していただけますか？ はい。Gスポットを。島部長に。……すみません、もうちょっと大きな声でお願いします」

電話の向こうで慌ただしい気配があり、島が出たようだった。

麻衣は、亜希子に目配せした。

「あ。島さんですか。新島です。あなたがもてあそんだ、あの新島です。今夜、空いてますよね？」

北千住『桃色OL倶楽部・社長秘書室』で、麻衣はすっかり顔馴染になっていた。

「いや～。麻衣ちゃん。会社がいやになったらウチに来てね。会社が潰れたらウチに来てね。会社を馘になってもウチに来てね」

どうやら彼女はこの店の制服をゲットした時に、ついでになにやら働いたようだ。店のマネージャーはほくほく顔で彼女の来訪を喜んだ。

「はいはい。今夜は貸切りじゃなくていいのね。おまけにいろいろアトラクションまで用意してくれるとか。いや今夜のお客はトクするね」

かき入れ時の夜の八時だというのに、店内は閑散としている。店の方針に問題があって人気ホステスが辞めてしまったのか。はたまた超変態サービスを強要して女の子の嫌気がさしたのか。鳥が気に入る店というからには、なにがしかの問題があるに違いない。

ホステス控え室には、亜希子、麻衣、そしてどういうわけか千晶までがいた。頭数が足りないからとかり出されたのだ。

「どうして私がこんなエロいもの着なきゃいけないのよ！」

仕事はまったくできないくせに、気位だけはやたらと高い千晶が怒った。

「私をあんたたちワイセツ派遣社員と一緒にしないでよね」

「とにかく、今夜はそれを着てよね！　二億の商談がかかってるのよ！」

麻衣が言っていると、そこに、久しぶり～と言いながら由里子が現れた。

「亜希子ちゃん、懐かしいわねえ。久々の現場なんで血が騒いでるのよ」

亜希子も懐かしくて、由里子と手と手を取り合った。

「本社で偉くなってるあなたが、どうしてまた」

「今夜は特別なのよ。もっといろんな顔触れが揃うから、楽しみにしていてね。ほらほらそこのあなた」

由里子は不満を全身に漲らせてぐずぐずしている千晶に声をかけた。

「さっさと服を着替えてね。それともそのヴェルサーチは見かけ倒し？　ウチの派遣のコと違ってボディに自信がないとか。それじゃここの制服はムリかもしれないわねえ」

「失礼だわ。ミラノまでエステに行った私になんてことを！」

コネ入社のお嬢様ＯＬ・千晶は頭にきたのか、イタリアン・ブランドのドレスを脱ぎはじめた。色気には欠けるが色白でスレンダー、手入れがすみずみまでゆき届いた素肌を麻衣たちに見せつけるようにして、制服に着替えようとしている。

顔を覗かせて、島が来たよ、と告げにきた三田村が、千晶の格好を見て絶句した。自分の婚約者がピンサロ嬢に変身しているのに驚いたのではない。いつもは出し惜しみして、セックスすら満足にさせてくれない千晶がモロ肌脱いだその姿に感動してしまったのだ。

フロアの最前列、簡易ステージの真正面に設《しつら》えた特別席に、島が座っていた。

「あ～ら、いらっしゃい」

この店の制服を着こんだ麻衣、亜希子、由里子、千晶が島を取り囲むように席についた。

麻衣に呼び出されて、もう一度セックスできるかと期待していた島は、予想を超えた美女の大挙出現に相好《そうごう》を崩した。

「いやいやこれは。きれいどころが勢揃いだねえ。で、こちらの熟女は？」

「ゆ・り・こ、です。よろしく～」

その天下一品の媚《こ》びの売り方はまるで変わっていない。巨乳をぐりぐりと島の腕に押しつけるようににじり寄り、びっくりするほど自然な手つきで男の股間に手を這わせている。

「最近、イイ男がいなくて気分落ちまくりっていうかぁ。でも今夜は超ラッキーって感じぃ」

さすがに由里子がコギャル言葉を使うと違和感があるが、のぼせはじめた島は気づかない。

「お。そこの新顔は？　今日が初めて？」

声をかけられて千晶は露骨にいやな顔をした。

「まあまあ彼女。隅っこで座ってても面白くないだろう。こっちに来なさいって」

島は千晶の手を引っぱろうとしたが、彼女は頑強に払いのけた。

「う。わははは。ウブだねえ、この娘」

「な、なんなのよ一体。こんな茶番にどうしてつき合わなきゃならないの？　私はこんなピンサロの一山いくらの女じゃないのよっ！　三国産業のれっきとした正社員なのっ！　見くびらないでちょうだい！」

それを聞きつけたこの店のホステスたちが険悪な表情でやってきた。

「ちょっとアンタ。今のセリフ聞き捨てならないわね。こんなピンサロの一山いくらの女ってどういう意味？　正社員のどこがそんなにエライってのよ」

「どういう意味って、言ったとおりだわ。どうせマトモな仕事ができないから、ここで男に触らせてチンチンしゃぶってるんでしょ？　ヘンな制服でOLのフリしないでよね。しがない売女《バイタ》のくせに」

「威張るんじゃないわよこの色気づいたシロウトの淫乱が！」

「お茶くみ女！　能なしっ」

形勢不利な千晶は加勢してもらおうと三田村を目で探したが、彼は奥に引っ込んだのか姿が見えない。

島はといえば、この思いがけない展開に喜びを隠しされない様子だ。女同士のキャットファイトが始まったらいいと願いながら、にやついて眺めている。それどころか、「そうだ！　ピンサロ女がエラソウだぞ」とか「腰掛けOLが威張るんじゃない、この月給泥棒が」などと火に油を注ぐ無責任なヤジまで飛ばしている。

他の席についていたホステスたちもなんだなんだと集まってきて、事態は一触即発の険悪な雰囲気になってきた。亜希子や麻衣は、今までの遺恨があるので当然ながらに千晶に加勢するでも庇うわけでもなく黙って見ている。

孤立無援の千晶は次第にヒステリックになってきて、ホステスたちに罵詈雑言《ばりぞうごん》を浴びせはじめた。その言葉はあまりに汚くて、ここに再録するのもはばかられる。と。その時。

「はいはいはい。こんな甘いヒメゴトをする場所で、どうしたんですか～。セクシーに愉しくいきましょうよ。ねぇーん」

突然、薄物の肌襦袢《はだじゅばん》に身を包んだ和風の美女が現れて、みんなの前でぱあっと前をはだけた。その態度物腰はどう見ても他店の同業者だ。

「私も大卒で就職を目指したんだけど、ＯＬだって上司のお手つきになるし、おしゃぶりだってするし、同じことよ。職業に貴賤はあるのかもしれないけど、やってることは皆同じ。男女のことだってやってることは皆同じよ。ね、皆さん愉しくいきましょう！」

その乱入してきた和風美人風俗嬢を見て、亜希子はあっと驚いた。彼女は、亜希子と新人研修が一緒、部屋も一緒で、その後ビーナス・スタッフを辞めて、エッチなプロのコンパニオンになった恵梨子《えりこ》その人だったのだ。今夜はまるで亜希子の同窓会のような感じになってきた。

恵梨子はたちまちのうちにその場を収め、ホステスたちは席に戻りフロアにはふたたび猥褻なムードが戻ってきた。

千晶も憤慨しつつ席に座った。

「ダメよねー、若い子は。あら、こちら、女同士の喧嘩《けんか》がお好きなのかしら？悪い趣味ですこと」

恵梨子は肌襦袢をはらりと床に落として全裸になると、島の膝の上にまたがって両手を彼の首に回した。彼女はもともと勉強のよくできそうな「優等生顔」だ。卵型の顔に、目鼻立ちの整った美人なのだ。それが典型的オミズ風派手化粧をしているものだから、そのミスマッチが逆になんともいえない色気を醸し出している。

「私、蒲田《かまた》の『和風美人・ウタマロ茶屋』のエリで～す。この亜希子ちゃんと同期なの。よろしくね」

キャットファイトもいいが、こんな和風全裸美人を膝に載せるのも悪くない。島はヤニ下がった。

恵梨子は彼のズボンのジッパーに手をかけると、さっさと引き下ろし、社会の窓に手を突っ込んで、物を取り出してしまった。

「わ。やめてくれよ。こんな美女多数の前で」

島は、自分が攻めるのは得意だが防御に回ると弱いようだ。女性たち全員が注視する状態で性器を弄られるのは恥ずかしいらしく、その端正なスケベ面を赤くした。

「またまたぁ。お好きなくせに」

恵梨子はまるで気せず、膝からすべり降りてしゃがみ込むと、うなだれた島の男性をかぽりと口に含んでしまった。

「う」

ここを先途《せんど》と、亜希子や麻衣、由里子が、一斉にわっと彼に取りついた。両手に花、いやそれ以上のハーレム状態は嬉しいはずだが、主導権を完全に女性陣に奪われては、さすがの島も勝手が違った。これはもういつもの逆。客いじりだ。

亜希子が彼の首筋に熱いキスを浴びせ、由里子は素早く彼のワイシャツのボタンを外し、胸に吸いついた。れろれろと乳首を舌先で転がしている。

さすが年季の入ったベテランの妙技だ。出遅れた麻衣は、島のズボンを力ずくで脱がせると、その足に抱きついて舌を這わせた。

「ふむむ……。あ、やめてくれ……いや、やめないでくれ……」

にわかピンサロ嬢たちは思い思いに制服の前を開き、その美乳あるいは巨乳を島に擦りつけた。西海のはるか彼方にあるという伝説の女護《によご》ヶ島《がしま》で、男に飢えた女たちが流れついた男を貪っているようだ。

島は押し寄せてくる全身への一斉愛撫に抗しきれず、むくむくと獣欲を湧きたたせた。

「このみんなを全員並べて、鶯《うぐいす》の谷渡《たにわた》りってのをしてもいいかな？」

「もちろんですわ。今夜は何でも自由にしてくださいな」

亜希子が耳元で甘く囁いた。

千晶は目を丸くしてこの痴態を眺めている。憤って席を立つこともできず、ほとんど腰が抜けていた。

亜希子を筆頭に、ビーナス・スタッフ軍団は床に両肘両膝をつくと、きれいなヒップを高々と掲げ、ずらりと横一列に並んだ。壮観である。よその席の一般客も、羨ましそうにこちらを見ている。これ以上の性の饗宴があるだろうか。セックスのバイキング、食べ放題、お代わり自由の大盤振舞だ。

「じゃあいこうかな」

島はまず、亜希子の秘肉に挑んだ。すっかり濡れたその肉襞は、とろりとした感触で柔らかく、島の肉茎を包み込んだ。

「ああ、いい……熟成された円満な味だ。オマ×コにも性格は出るのかな……」

彼は亜希子の腰を摑むと、ぱふぱふと肉同士がぶつかる音を立てて抽送した。

「あうっ……いいですわ……」

ウソではなく島の反り返ったペニスが正常位では味わえない部分を擦りあげて、亜希子の全身に肉欲を燃え立たせた。

「うむ……素晴らしい。しかし、こっちにも美味しそうな赤貝が……」

島は未練たっぷりに引き抜くと、隣りの恵梨子に挿入した。

「う。これはこれは……」

恵梨子の生真面目な性格通りの、ソツのない感触だ。締まるところは締まって、島の亀頭に絡んでくる。濡れ方にも問題はない。ただ、難を言えばアクセントが欲しい。そんな味だ。

「君、セックスを愉しんでるかね?」

彼は恵梨子に聞いてみた。

「ええもちろん。ですけど、私、正直ですから、相手によって味が変わっちゃうとよく言われます」

そうか。おれが相手じゃ燃えない、よそ行きのオマ×コ状態ってわけなんだな。よーしそれじゃおれがその仮面を引き剝いでやろう。

彼は腰を回転させて入念なグラインドを始めた。長さや硬度には自信がある。

だからおれと寝た女はみんな離れられなくなって、結果としておれはモテモテ状態になるのだ。

「ああっ！　凄い……なんて素晴らしいんでしょう……うう」

カリの張ったペニスが恵梨子の媚肉をくまなく擦りあげていく。肉襞のあらゆる敏感な場所を痺れさせる。恵梨子は脚から力が抜けていくようで、尻を突き上げているのも辛くなってきた。

「ふん。ここまでだ。機会があれば後でしっぽりやろう」

初めて手合わせする女の攻略法がわかると、急速に興味を失ってしまう島だった。

今夜は五人も女がいるんだしな。

彼はずぼりと音を立てて引き抜くと、隣りで待ち構えていた由里子に突入した。

「う！　うはあ……」

ペニスを入れた瞬間から、吸いつかれるような感覚があった。さっきの亜希子がトロだとすれば、この由里子はフォアグラか。まったりとした柔襞が迫ってきて、島の下半身はその濃厚な味に蕩けそうになった。グルメとしては最高の気分だ。

少し腰を使うだけで、すべての淫襞が密着して揉みほぐしてくるようだ。ペニスが溶けてしまいそうだった。

「うう……これは凄い……。星三つの、オマ×コ・ド・マキシムだぁ！」

このような濃厚なこってりしたバターソースのような味は、いつ堪能したのだったか。パリ出張の折りブーローニュの森で拾ったカトリーヌ以来か。ああ、マロニエの小径よシャンゼリゼの喧噪よサクレクールの荘厳さよ。

思わず発射しそうになった島は、必死の思いで我慢した。まだ二人、残っているではないか。新顔のあの娘はわからないが、この次の麻衣の味のよさは折り紙つきだ。

「ああ、こんなにご馳走《ちそう》が並ぶと目移りしていかん！」

島は意志の力を振り絞って由里子から引き抜くと、焦りを隠そうともせず麻衣の秘門に突進した。

「あふう！」

麻衣の蜜襞は……これはキャビアだ。ぷつぷつのぷりぷりの細かな粒子の、この感触！　アントレのあととはいえ最高級のオードブルのような、この鮮烈な味はどうだ！　カズノコ天井もキャビア襞も、みんな同じ海産物。ああ、このまま最後まで達したい……この娘の中で果ててしまいたい……。

島は蕩けそうな表情で腰を使った。動かせば動かすほどにキャビアのような襞が島の亀頭に襲いかかり、えもいわれぬ法悦の境地が現れるのだ。

「……うう。ここまで頑張ったんだ。こうなれば全員制覇するぞ！」

島は血走った目を千晶に向けた。

「じょ、冗談じゃない。私はしませんよ。こんなこと。こんな、女の尻を並べて、木琴の演奏じゃあるまいし、女の尊厳というのはどこにあるんですっ！」

さすがに身の危険を感じた千晶は超ミニドレスの裾がたくし上がりヘアが丸見えなのも構わず、席を蹴って帰ろうとした。

その時。店の奥から三田村が出てきた。堅い表情で携帯電話を握りしめている。

「ちょっと！　三田村さん、課長、なんとかしてよ！　正社員の私に、いえ、あなたの婚約者である私にこんなことをさせるつもりなの！」

「……残念だが千晶、いや浅倉君。きみとの婚約は解消だ」

そう言う三田村の目は変わっていた。

「浅倉商店が今日不渡りを出した。さっき会社更生法の適用を申請したそうだ……つまり、君の実家は、倒産した」

三田村の表情は堅い。

「ということで、君と結婚する意味がなくなった。それに多分、君自身もクビになるぞ」

「え！　それはどうしてよっ！」

　実家が倒産した上に自分も解雇されては堪らない。千晶は焦った。

「考えてもみろよ。ＯＬのコネ入社なんて取り引き先に恩を売るだけが目的だ。きみは浅倉社長の娘だということで、いわば人質として採用されたんだ。で、そんな大得意先のお姫様を働かせてはいけないから、ろくに仕事も頼まなかったんだ。コピーが抜けてようが天地逆になってようが、帳簿の計算が合わなかろうが、同僚の悪口を言いまくろうが、月に三度生理休暇を申請しようが、決算期にズル休みをしてくれようが、きちんと給料は払ってきた。でももうそんな余裕はないんだ。月給泥棒を雇っておくほど我が社は甘くない。君はもうおしまいさ」

　三田村は残酷なことをさらりと言ってのけた。

「おれだって、ろくにセックスもさせてくれないわがまま勝手な女は願い下げだ」

　突然すべてのものを失った千晶は茫然自失、下半身が丸出しなのも忘れて、がっくりと座り込んだ。

そこに中井が表から入ってきた。

「浅倉さん、クレジット会社の人が来てるっすよ。なんでも外国で限度額いっぱい使ってキャッシングまでした家族カードの請求額が落ちてないってコトで……どうします？」

「そんな……たった三百万ぽっちボーナス払いで……あああ、でも私はクビになるのね」

千晶は完全にパニックになり、「カード破産だわ風俗いえAVに沈められるんだわ」と泣き叫んでいる。

一方、島はそろそろ麻衣を切り上げて最後の一人に向かわないと、暴発して果ててしまいそうになっていた。

「き、君！　どうするんだ！　させるのかさせないのか。早く決めろっ！」

「千晶さん。さあ、どうするの？」

全員の目がどうするどうすると千晶を見ていた。

「わ、私もやりますっ！　肉襞営業部隊の一員にしてくださいっ！　何でもやりますから、クビにはしないで！」

千晶はそう言うと、麻衣の横に膝をついてヒップを突き上げ、スカートをめくり上げた。

　あまり男性経験のなさそうな、まだ硬さの残る新鮮な尻だ。

　島は、よしっ！　っと気合を入れて麻衣から乗り換え、千晶の腰をむず、と摑むと、その秘めやかな花弁に剛直の先端をあてがった。

「おお。しっかり口を閉じてる。こりゃなかなか新鮮そうだな」

　少し前までの麻衣がそうだったように、千晶に侵入するのはなかなかに骨が折れた。

　あまり潤っていない女芯はしかし、まるで処女を相手にするような新鮮な興奮を島に呼び起こした。

「いい。いいぞ！　これぞ最高のデザート！　あっさりとして淡白で、しかもそこはかとない苦みを残した、脆く壊れやすい控え目な風味だ。まさにコースの最後を飾るのにふさわしい、繊細このうえない味だ！」

　入口をこじ開けてしまうとそこはそれ、本物の処女ではないからずぶずぶと入っていく。島は、狭い果肉を押し広げ征服し拡張していく悦びに震えた。

「おうおうおう！　男の征服本能を呼び覚ましてくれる素晴らしいこの感覚！　いいぞ！　最高だ！」

島は、半ばまで入ったところで、力を込めて突き上げた。

「あうっ！　ああう」

千晶は声にならない声をあげた。後背位なんてしたことがなかったし、正常位で、しかも短時間のママゴトのようなセックスしか知らないのだ。それが今やテダレの巨根に征服され、その異物は彼女の中を動き回っているのだ。

「あああ。うんんん……」

島の抽送に、千晶は全身をぶるぶると震わせた。官能に身悶えしているのだ。

「あの娘、なかなか素質ありそうよ。妙な成り行きだけど、スカウトしてみない？」

由里子が亜希子に耳打ちした。

千晶は羞恥に耐えながら、彼女にとっては初めての破廉恥なセックスに酔いはじめていた。

「ああ……いい。どうしてこんなに……はああっ！」

島も息を荒げて、最終コースに達したようだ。今はもう、射精することしか頭にない。

「うぐ！」

彼は背中を反らせ、すべての動きを止めた。

ぐいぐいぐいと三度ほど腰を動かすと、そのまま静止して、ぐったりと千晶の背中に躰を預けた。

千晶の股間からは、たらりと白濁液が溢れ出た。

「島部長。これで契約の件、お考え直しいただけますね？」

亜希子がすかさず島に迫る。

ところが島は、めんどくさそうに「ああ、わかったわかった」と要領を得ない返事を繰り返すばかりだ。

「まあ、その件は、来月の重役会に諮《はか》らないとな……」

「けれどもあの程度の決済なら、部長に権限があると聞いておりますが」

亜希子が追いすがったが、島はなおもまた「考えとく」というような返事で言を左右にしている。

「……やっぱり、ダメですか」

三田村が残念そうに言った。

「せっかく婚約者まで差し出したのに……」

自分から売ったくせになにを言うかと亜希子は呆れた。

いったいどうしてくれようか、この乗り逃げ男……と思っていると、突如、ガシャン！　という音がして天井のミラーボールが叩き落とされた。

ハッとしてその場にいた全員が振り向くとそこには、あろうことか、なぎなたを構えた麻衣が立っていた。しかも彼女は今まで着ていたボディコン超ミニ、エロいOL服もどきから変身して、胴着にたすき、袴《はかま》を穿いて頭には鉢巻きをキリリと締めている。

肩までの髪をアップに結い前髪も上げてきれいな額を全部出したその姿は、麻衣の美しい頭のフォルムにすらりと長い首筋を際立たせていた。まさに武家娘の戦闘態勢のような凛々《りり》しいいでたちはエッチな制服を着ていた麻衣と同一人物だとは、とても思えない。

「そこなちょこざいな男。この期に及んで、まだ言を左右にするか！　許せぬ！　成敗《せいばい》してくれようぞ！」

麻衣は、店内のいんちきな観葉植物の幹を、すっぱりと切り落とした。

「天道流免許皆伝、新島麻衣を見くびるでないっ！」

麻衣はなぎなたを振るって天井にかかる万国旗をばさばさと切り落としはじめた。その上精液がイヤというほど染み込んでいそうな安物のソファをばさりと切ってスライスにした。

「そこな島！　まだわからぬかっ！」

なぎなたの刃がおつまみの野菜スティックを宙に弾き飛ばした。と思うと目にも止まらぬナタさばきが二閃、三閃し、野菜のみじん切りが降ってきた。

「おお……フードプロセッサーを使ったような鮮やかさ……」

全員が驚嘆するなかで、麻衣は、ナタの矛先《ほこさき》を島に突きつけた。彼は顔面蒼白、冷や汗と脂汗《あぶらあせ》を同時に流している。最高の快楽を味わった直後、最高の恐怖に直面しているのだ。

「我々が法外なことを言ったであろうか？　手順を無視したであろうか？　否、礼を尽くし、順当に話を進めてきたはずだ。しかるに、貴殿の卑怯《ひきょう》きわまりない仕打ち、もはや許せぬっ」

麻衣はなぎなたをさっと振った。

まるで手品のように、島の着ていた服がばらばらの布片と化して床に舞い落ちた。

「幼き頃からなぎなた一筋。オリンピック種目に入っていれば強化選手間違いなしの、この私《わたくし》を甘く見るな！」

本来、武道を脅しに使うのは御法度《ごはっと》なのだが、これは脅迫ではなく天誅《てんちゅう》だと麻衣は思っている。

麻衣は刃を、島の恐怖で痙攣する頬にぴたりと当てた。

「さあ、返答やいかに？」

「け、契約します。この前、申し上げた通りの条件で。契約いたしますっ！」

麻衣は凜とした表情を少し綻《ほころ》ばせると、胴着の胸元から書類を取り出した。きちんとプリントアウトされた契約書だ。

「では、正副二通、ここにしかるべくサインと拇印を」

島はぶるぶる手を震わせながら契約書にサインし、拇印を押した。

「でかした！　契約は完了！　お祝いですよ、皆さん」

そこに響き渡ったのは、三国産業の三国社長の声だった。同時に強烈なランバダ（！）のリズムがフロアを満たし、超マイクロビキニに身を包んだダンサーが踊りながら登場した。

「あっ！　沙祐美さん！」

これまた亜希子と同期の研修生で、今はラスベガスでも踊るヌードダンサーの沙祐美がその妙技を披露しているのだ。

「ね。オールスターキャストだと言ったでしょう」

由里子が麻衣に微笑んだ。

「あなた、新島麻衣君ですね。私は三国と言いまして、この会社の社長です。さきほどからのあなたを拝見して、感心しておりました」

「あ……後背位のセックスですか？」

「いえいえ。なぎなたさばきですよ」

三国社長はジェントルな笑みを浮かべた。

「実は私、釣り以外にも、なぎなたの趣味がありましてね。我が社になぎなたの実業団チームがあるのは、私が好きなせいもあるのです……どうですかな。我が社の正社員として来ていただけないものでしょうか。なぎなた部の監督兼コーチ兼選手ということで」

「願ってもないことです！　ありがとうございます」

麻衣は喜びを隠せない様子で、きりりと一礼した。

そばにいた中井は飛び上がって喜んだ。

「やったね！　麻衣ちゃん！　僕らの愛も育てていこう！」

「……麻衣ちゃんは、これでビーナスは退社ね。惜しい人材ではあったけど」

ビーナス・スタッフ管理職の出里子が呟くと、それを聞いていた千晶がにじり寄った。

「あのう……私でよければ、ぜひ御社に採用してもらえないでしょうか……」

その一方で、三田村は恵梨子を口説きはじめている。

「君のような真面目そうな娘さんにこの仕事は似合わないよ。どうかな。アルバイトでウチに来ないか。エリートで出世頭のボクが口を利けば」

恵梨子もまんざらではなさそうだ。

すべてが丸く収まった。

絵に描いたような人団円の中で、亜希子はある種の感慨に浸っていた。

そろそろ私は別のところに行かなくては。麻衣ちゃんも私がいるとビーナスを引きずるだろうし……これが流れ者としての派遣社員の宿命なのだわ。

「大丈夫よ、亜希子ちゃん。私がいい会社を探してあげる」

由里子が大きく頷いた。

そして、亜希子は由里子とともに北千住のピンサロを後にして、夜のとばりの中に消えていくのであった……。

◎本作品は『悦虐ＯＬ　肉ひだ営業』（蒼竜社刊）を大幅改訂及び改題したものです。

二見文庫

夜《よる》の派遣《はけん》OL

著者　安達《あだち》　瑶《よう》

発行所　株式会社 二見書房
東京都千代田区三崎町2 18 11
電話 03(3515)2311［営業］
03(3515)2313［編集］
振替 00170-4-2639

印刷　株式会社 堀内印刷所
製本　株式会社 村上製本所

ISBN978-4-576-14162-6
http://www.futami.co.jp/

永遠のエロ

MUTSUKI,Kagero
睦月影郎

昭和19年9月。帝国海軍飛行兵長「杉井二郎」は、優秀な飛行技術を使えず出撃待機の状態だった。海軍兵士の集う喫茶店の熟女・奈津の手ほどきで童貞を失った後、軍事教練指導のために赴いた高等女学校でも女教師、女生徒たちと関係を結んでいく……。官能界一のベストセラー作家による感動と官能の傑作書下しエロス！